Nicolas Barreau
Menu d'amour

PIPER

Zu diesem Buch

Sie kommt immer zu spät. Sie ist das strahlendste Mädchen
des Seminars. Und sie ist unerreichbar. Die Liebe des
zurückhaltenden Literaturstudenten Henri Bredin scheint
aussichtslos, auch wenn er und die schöne Valérie Castel
dasselbe Lieblingsbuch haben. Denn Valérie sieht in Henri
nur einen guten Freund, für Henri jedoch ist das Mädchen
mit den aquamarinblauen Augen und dem spöttischen
Lächeln diejenige, die er lieben könnte wie keine andere.
Doch als Valérie in den Semesterferien mit ihren Eltern an
die italienische Riviera reist und dort dem Charme eines
Italieners erliegt, der wohlhabend, gutaussehend und zehn
Jahre älter ist als Henri, ist der verliebte Student am Boden
zerstört. Gegen diesen Mann hat er keine Chance. Oder
doch?

Nicolas Barreau, geboren 1980 in Paris, hat Romanistik und
Geschichte an der Sorbonne studiert und lebt heute als
freier Autor in Paris. Schon mit seinen Erfolgen »Die Frau
meines Lebens« und »Du findest mich am Ende der Welt«
hat er sich in die Herzen seiner Leserinnen geschrieben,
ehe »Das Lächeln der Frauen« ein internationaler Bestseller
wurde.

Nicolas Barreau

MENU D'AMOUR

Eine Liebesgeschichte

Aus dem Französischen von
Sophie Scherrer

Piper München Zürich

Mehr über unsere Autoren und Bücher:
www.piper.de

Von Nicolas Barreau liegen bei Piper vor:
Die Frau meines Lebens
Du findest mich am Ende der Welt
Das Lächeln der Frauen
Eines Abends in Paris
Menu d'amour

MIX
Papier aus verantwor-
tungsvollen Quellen
FSC
www.fsc.org   **FSC® C083411**

Ungekürzte Taschenbuchausgabe
Februar 2015
© 2013 Nicolas Barreau
© der deutschsprachigen Ausgabe: 2013 Thiele Verlag
in der Thiele & Brandstätter Verlag GmbH, München/Wien
Umschlaggestaltung: semper smile, Werbeagentur GmbH, München,
auf der Grundlage des Hardcoverumschlags von Christina Krutz
Umschlagmotiv: Mark Owen/Trevillion Images; Iakov Kalinin/123RF
Satz: Christine Paxmann • Konzept • Grafik • München
Gesetzt aus der Adobe Jenson Pro
Papier: Munken Print von Arctic Paper Munkedals AB, Schweden
Druck und Bindung: CPI books GmbH, Leck
Printed in Germany   ISBN 978-3-492-30583-9

Bist du einst alt und grau und voller Schlaf
Und nickst am Feuer ein, dann nimm dies Buch,
Lies langsam, träume dich zurück und such
Wie mich dein Aug mit seinem Schatten traf …

WILLIAM BUTLER YEATS

À TABLE, LES AMOUREUX!

Nach dem überwältigenden Erfolg meines Romans *Das Lächeln der Frauen*, in dem die schöne Aurélie ihr Menu d'amour kocht, um den Mann ihrer Träume für sich zu gewinnen, bin ich oft gefragt worden, ob es zwischen dem Essen und der Liebe einen speziellen Zusammenhang gibt. Natürlich gibt es den – beides kann sehr verführerisch sein. Viele meiner Leserinnen und Leser wollten wissen, ob ich selbst gern koche und ob ich noch weitere Rezepte habe. Beide Fragen kann ich mit Ja beantworten. Die besten Rezepte aus meinem persönlichen Kochbuch sind Klassiker der französischen Küche, vor allem aber sind sie eines: Erinnerungen an wunderbare, romantische, nicht enden wollende Abende, an die ich sehr gerne zurückdenke.

In diesem Buch verrate ich Ihnen also meine zehn Lieblingsmenüs. Es sind Rezepte für Verliebte, Rezepte zum Verlieben, köstliche Speisen für ganz besondere Anlässe – und als besonderen Gruß aus der Küche habe ich eine Geschichte vorangestellt, die das Geheimnis des Menü d'amour enthüllt – jenes Menüs, das Aurélies Vater seiner Tochter einst vermachte.

Lesen Sie, staunen Sie, lächeln Sie, kochen Sie und genießen Sie das Essen und die Liebe!

Herzlichst,
Nicolas Barreau

Menu d'amour

Eine Liebesgeschichte

1

Wenn man Georges Berechnungen glauben durfte, war es einer der dunkelsten Winter seit dem Krieg gewesen. Die Schatten spazierten in den Straßen von Paris und die Menschen sehnten sich nach dem Licht, wie ein junger Mann sich in die Arme seiner Liebsten sehnt. Im Kino spielte man *Die Regenschirme von Cherbourg*, die Beatles hatten im Olympia *She loves you* gesungen und ich hatte mich rettungslos in ein Mädchen verliebt, das so unerreichbar für mich war wie der Mond.

Ich studierte damals Literatur im zweiten Semester und hatte gerade beschlossen, aus Enttäuschung so etwas wie ein zweiter William Butler Yeats zu werden, der in glühenden Gedichten seine Angebetete pries und auf diese Weise seine unerfüllte Liebe zu der schönen Maud Gonne unsterblich machte, als ich an einem regnerischen Nachmittag bei den Bouquinisten am Ufer der Seine einen Fund machte, der meine glanzvolle literarische Karriere verhindern sollte. Denn daraufhin passierte etwas Seltsames und Wunderbares. Etwas, das mich trunken vor Glück über den Mond taumeln ließ, noch bevor der erste Astronaut jemals seinen Fuß darauf setzte. Ich habe nie jemandem erzählt, was sich an jenem Abend wirklich ereignete. An jenem denkwürdigen Abend, als ich das *Menu d'amour* zum ersten Mal kochte, und der nun schon so viele Jahre zurückliegt. Die Einzige, die die ganze Wahrheit kannte, war die Katze meines Mitbewohners Georges. Doch diese konnte naturgemäß nicht sprechen, und so blieb das köstliche Geheimnis im Besitz meines Herzens. Am Ende bin ich doch kein William Butler Yeats geworden. Gott sei Dank.

Meine Maud Gonne hieß Valérie Castel. Sie hatte blondes Haar und leuchtend blaue Augen, und wenn sie hereinkam, begann sich der Raum mit Licht zu füllen. Ihr Mund schien stets zu einem Lachen bereit, sie war voller Einfälle und spottete gern, und sie war gewiss kein Mädchen, das man einfach so übersehen hätte. Aber auch aus einem anderen Grund war es nahezu unmöglich, sie nicht zu bemerken. Valérie Castel war die unpünktlichste Person, die ich jemals kennengelernt habe. Sie kam immer zu spät. Zu jeder Vorlesung. In jedes Seminar. Und so ist sie mir damals auch aufgefallen. Weil sie zu spät kam.

2

Professor Jean-Louis Caspari war in seinem Element. Seit zwanzig Minuten versuchte er mit eindringlichen Gesten und wortgewaltigen Sätzen seinen Zuhörern die französische Literatur zwischen Romantik und Realismus näherzubringen und erwartete doch nicht mehr, als dass jeder Student sich drei Sätze aus seiner Vorlesung merken sollte. »Wenn Sie drei Sätze mit nach Hause nehmen, bin ich schon zufrieden«, pflegte er zu sagen. Gerade war er bei einem seiner Lieblingsgedichte von Baudelaire angelangt, da wurde mit einer hastigen Bewegung die Tür zum Hörsaal aufgerissen. Atemlos und mit geröteten Wangen schlüpfte eine Studentin in einem hellblauen Wollmantel mit passender Kappe herein. Sie lächelte entschuldigend und wollte sich schon durch den Seitengang schieben, um sich in eine der Stuhlreihen zu setzen, als Jean-Louis Caspari seine Vorlesung unterbrach und von seinem kleinen Podest herunterstieg. Der alte Professor war dafür bekannt, dass er unpünktliche Studenten gern vorführte. Mit einer Behändigkeit, die seine Leibesfülle Lügen strafte, sprang er durch den Raum und baute sich vor der Nachzüglerin auf.

»Wie schön, dass Sie meine Vorlesung besuchen, Mademoiselle …?« Er zog fragend die Augenbrauen hoch.

»Castel. Valérie Castel«, sagte sie, und auf diese Weise erfuhr ich wie alle anderen im Saal ihren Namen.

»Nun, Mademoiselle Castel«, Professor Caspari streckte ihr seine Hand entgegen, die sie zögernd ergriff, »ich begrüße Sie sehr herzlich hier bei uns.« Er machte eine ausholende Handbewegung, welche die etwa einhundertfünfzig Studenten mit einbezog, die den Dialog, der sich abseits des Vorlesungspults entspann, grinsend verfolgten. »Dummerweise hat meine Vorlesung schon seit …«, er kramte umständlich eine silberne Taschenuhr aus der Hosen-tasche hervor, »seit fünfundzwanzig Minuten begonnen. Ich hoffe, das stört Sie nicht?«

Valérie Castel wurde rot, dann schenkte sie dem Professor ein reizendes Lächeln. »Aber nein«, sagte sie mit ihrer klaren Stimme, die bis in die letzte Reihe zu hören war. »Wenn es Sie nicht stört, Herr Professor, stört es mich auch nicht.« Ich sah das feine Zucken ihrer Mund-winkel.

Die Studenten stießen sich an und tuschel-ten. Das war ganz schön frech, aber dann doch wieder mit so entwaffnender Unbefangenheit vorgetragen, dass man nicht so recht wusste, was man davon halten sollte.

Professor Caspari verfügte über genügend Humor, um eine schlagfertige Antwort zu schätzen. Und er verfügte trotz seiner alters-schwachen Augen, die hinter runden Brillen-gläsern funkelten, über genügend Sehkraft, um Schönheit zu bemerken, wenn sie ihm begeg-nete. Sein Blick ruhte einen Moment auf der

Delinquentin, die inzwischen ihre blaue Kappe abgenommen hatte und diese unschlüssig in den Händen drehte.

»Abgesehen davon, dass es mich ein wenig irritiert, wenn während meines Vortrags die Tür aufgeht, stört mich das sicherlich weniger als Sie, Mademoiselle. Denn im Gegensatz zu Ihnen kenne ich den Stoff meiner Vorlesung ja bereits.«

Valérie nickte zerknirscht und fühlte sich nun offenbar verpflichtet, eine abenteuerliche Erklärung abzugeben, in der eine arme kleine Katze, ein zu hoher Baum, ein hilfsbereiter Polizist und sie selbst die Hauptrolle spielten. »Eigentlich ist es gar nicht meine Art, zu spät zu kommen«, versicherte sie treuherzig. »Es kommt nicht wieder vor.«

3

Ich will nicht behaupten, dass sie es vorsätzlich tat, aber entgegen ihrer Versicherungen war jedem in unserem Semester bereits nach wenigen Wochen klar, dass Valérie Castel einfach nicht pünktlich sein *konnte*. Seltsamerweise war ihr deswegen niemand wirklich böse. Im Gegenteil – wenn fünf oder zehn oder zwanzig Minuten nach Seminarbeginn die Tür aufflog und das Mädchen im blauen Mantel wie ein Windstoß hereinfegte, warteten alle gespannt auf die Ausrede, mit der sie diesmal wohl aufwarten würde.

Selbst die strengsten Professoren und Dozenten hörten sich mit hochgezogenen Augenbrauen und unterdrückter Heiterkeit die originellen Geschichten an, die Mademoiselle Castel zum Vergnügen aller auftischte, denn abgesehen von ihrer Unpünktlichkeit war Valérie mit ihren klugen und lebhaften Beiträgen eine Bereicherung für jedes Seminar.

Ich jedenfalls hatte mich Hals über Kopf in die notorische Zuspätkommerin verliebt – und mir war klar, dass sie etwas ganz Besonderes war – vielleicht zu besonders für einen so normalen Studenten wie mich. Ich war mir sicher, dass ein Mädchen wie Valérie schon vergeben sein musste, dennoch hatte ich es mir angewöhnt, in den Vorlesungen und Seminaren, die sie regelmäßig besuchte, stets den Stuhl neben mir mit Tasche, Mantel oder Unterlagen zu blockieren, in der verwegenen Hoffnung, dass sie sich auf diese Weise irgendwann neben mich setzen würde.

Beim fünften Mal hatte ich Glück. Valérie kam zu spät, erzählte ihre Geschichte und sah sich suchend um. Ich hob die Hand und deutete auf den Platz neben mir, und sie ließ sich glücklich seufzend nieder und nickte mir freundlich zu. Ihre plötzliche Nähe brachte mein Herz zum Klopfen und ich sah gebannt zu, wie sie sich vorbeugte und ein Sonnenstrahl sich in ihrem Haar verfing. Für wenige Sekunden geriet ich in einen Bannkreis aus kleinsten Goldpartikelchen, die in der Luft tanzten, und es gab nur sie und mich. Doch schon im nächsten Augenblick holte mich die Wirklichkeit in Form eines gut aussehenden Studenten namens Christian ein, der Valérie von der Seite etwas ins Ohr flüsterte, was sie zum Lachen brachte. Immerhin fragte sie mich nach dem Seminar, ob ich zusammen mit ihr und ein paar Kommilitonen noch einen Kaffee trinken gehen wollte.

Natürlich sagte ich ja.

Seither war es zur Gewohnheit geworden, dass ich ihr immer einen Platz freihielt und sie sich ganz selbstverständlich neben mich setzte.

In diesen kostbaren Stunden, in denen die anderen über Zolas Romane und Baudelaires *Blumen des Bösen* diskutierten, studierte ich verstohlen ihr zartes Profil mit den ausgeprägten Augenbrauen. Ich entdeckte den kleinen Leberfleck an ihrem Halsansatz und kam mir vor wie ein Dieb. Ich betrachtete ihre schmalen weißen Hände und bemerkte mit einigem Missfallen den alten Rubin, den sie stets am Ringfinger trug. Doch als ich einmal nach dem Seminar so beiläufig wie möglich sagte: »Ein schöner Ring – ist der von deiner Großmutter?«, lächelte sie nur versonnen und entgegnete: »Ja, nicht wahr? Den hat mir die Mutter von Paul geschenkt.«

»Und wer ist Paul?«, rutschte es mir heraus und meine Stimme klang nicht mehr ganz so beiläufig, wie ich es mir gewünscht hätte.

Valérie steckte die Unterlagen in ihre Ledermappe und warf mir einen spöttischen Blick zu. »Oh! Höre ich da etwa die Eifersucht? Sei nicht so neugierig, Henri Bredin. Lass uns lieber gehen, die anderen warten schon. Wir wollen noch ins *Procope*.«

Ich packte meine Tasche und lief hinter ihr her. »Wer ist Paul?«, insistierte ich und bemühte mich, den scherzhaften Ton aufzugreifen, den sie angeschlagen hatte. »Oder ist das etwa ein süßes Geheimnis?«

Sie verdrehte die Augen in gespielter Verzweiflung, hakte sich bei mir unter und lachte. »Mein Lieblingscousin, zufrieden? Und jetzt komm.«

Ich glaubte ihr kein Wort, doch gleichzeitig genoss ich die ungeduldige, fast selbstverständliche Geste, mit der sie mich zum Ausgang zerrte, wo die anderen schon auf uns warteten.

4

In den nächsten Wochen sah ich Valérie Castel immer wieder. Wir hatten einige Vorlesungen und Seminare zusammen, wir begegneten uns in der Mensa oder in einem der kleinen Cafés in der Nähe der Sorbonne, wo wir stundenlang zusammen mit den anderen saßen, tranken, rauchten, lachten, redeten, diskutierten. Ich sage »wir«, aber dieses »wir« war wohl eher in meinem Kopf. In Wirklichkeit war es schwierig, ja, nahezu unmöglich, mit Valérie Castel allein zu sein, stets war sie umringt von einem ganzen Hofstaat von Freundinnen oder Kommilitonen, denen sie ihre Gunst gleichermaßen schenkte. Doch auch wenn ich sie mit den anderen teilen musste, blieb ich beharrlich in ihrer Nähe. Ich hatte herausgefunden, dass Valérie oft ganze Nachmittage in der alten Bibliothek der Universität verbrachte. Und hier, in der Stille des Lesesaals mit den vielen Tischlampen, fand ich sie oft genug allein. Sie saß an einem Tisch in der Nähe der hohen alten Fenster, hinter denen sich graue Märzwolken auftürmten, und war ganz versunken in ihr Buch. Wenn sie dann kurz aufschaute und mir mit geröteten Wangen ein wenig geistesabwesend zunickte, war jede Spottlust aus ihren Augen verschwunden. Ich setzte mich ihr gegenüber und gab vor, auch zu lesen. So saßen wir da, in perfekter Zweisamkeit.

Einmal ertappte sie mich, als meine Augen auf ihrem nachdenklich gespitzten Mund ruhten und ich den Blick nicht schnell genug abwenden konnte.

»Was?!«, sagte sie und klappte das Buch mit einem Ruck zu.

»Nichts!«, erwiderte ich aufgeschreckt. Ein paar Studenten sahen von ihren Büchern auf und die Bibliothekarin zischte uns ein »Psst« herüber.

Valérie errötete und kritzelte etwas auf einen Zettel, den sie mir über den Tisch zuschob.

Was starrst du mich so an, Idiot?, las ich. *Hör sofort auf damit!*

Ich wurde rot. Wie hätte ich jemals damit aufhören können, Valérie Castel anzuschauen? Ich konnte nicht damit aufhören.

Ich hab gar nicht dich angestarrt, sondern dein Buch, schrieb ich zurück. *Ich wollte herausfinden, was du liest. Ist es gut?*

Sie lehnte sich lächelnd zurück und zog ihre hübschen Augenbrauen zweifelnd hoch.

Sehr gut. Wollen wir einen Kaffee trinken gehen, dann kann ich dir mehr davon erzählen.

Wir schlichen uns aus dem Lesesaal und liefen wenige Minuten später ausgelassen die Treppen des alten Universitätsgebäudes hinunter, dessen imposante Kuppel in den grauen Himmel aufragte. Ein ernsthafter junger Mann mit dunklen Locken und einer verwaschenen braunen Cordjacke und ein Mädchen mit großem lachendem Mund und keck aufgesetzter Baskenmütze, unter der die goldenen Haare ungestüm hervorquollen. Auf einem Photo hätten wir ausgesehen wie ein beneidenswert glückliches Paar. Doch es war kein Photograph zur Stelle, der den Moment einfing. Und dann ging er vorüber …

5

An diesem Nachmittag sollte es *Madame Bovary* sein, die uns hartnäckig Gesellschaft leistete. Und Monsieur Flaubert in allen Ehren, aber ich muss gestehen, dass er mir – nachdem Valérie etwa zwei Stunden ihrer Begeisterung über diesen *absolut genialen* Roman (absolut war damals eines ihrer Lieblingswörter) Ausdruck verliehen hatte – ziemlich auf die Nerven ging. Seltsam betäubt lauschte ich Valéries nahezu besessenem Monolog, nickte ab und zu und fühlte mich irgendwie nicht mehr in der Lage, angesichts solch großer Weltliteratur meine eigenen unbedeutenden Gefühle zu erklären.

Als sie endlich schwieg und ich das Gespräch behutsam in eine Richtung lenken wollte, die etwas weniger mit unglücklich-überspannten Ehebrecherinnen und etwas mehr mit uns zu tun haben sollte, tauchte Christian auf, der immer seine blöden Witze machte, und riss mit den Worten »Aah, hier habt ihr euch versteckt! Ich hoffe, Henri langweilt dich nicht zu sehr« das Gespräch an sich. Mit größter Selbstverständlichkeit ließ er sich direkt neben Valérie auf die Bank fallen. Später kamen die schüchterne Camille und die rothaarige Marie-Claire dazu, und am Ende quetschte sich auch noch Georges, mein bärtiger Mitbewohner, mit dem ich mir die heruntergekommene Mansardenwohnung in der Rue Mouffetard teilte, zu uns an den dunklen Tisch mit seiner blankgescheuerten Holzplatte, und die ganze Bande war wieder beieinander.

Georges Bresson, Student der Meteorologie im fünften Semester, war ein liebenswerter Kerl und mit seinen knapp neunzig Kilo ein echter Fels in der Brandung. Er hatte eine Verlobte in der Haute-Normandie, die er manchmal übers Wochenende besuchte, und eine schwarze Katze namens Coquine, die zwischen unseren beiden Zimmern hin und her tigerte. Manchmal kochte ich abends für Georges und mich, dann saß Coquine stets interessiert auf der Anrichte und sah mir zu. Die winzige Küche war vollgestopft mit Regalen und zusammengewürfelten Schränken und bot für einen Tisch beim besten Willen keinen Platz mehr. Einen Kühlschrank gab es nicht, und im Winter hängten wir die verderblichen Speisen zum Kühlen in einer Tüte nach draußen an den Griff des kleinen Dachfensters. Zu meiner großen Freude hatte die Küche jedoch einen alten Gasherd, an dessen unkontrolliert hochschießender Flamme ich mir oft genug die Finger verbrannte. Kochen war schon immer meine Leidenschaft gewesen, und an einem jener gemütlichen Abende, an dem ich einen köstlich duftenden Lammbraten mit Lavendel und schwarzen Oliven aus dem Ofen gezogen hatte, den wir an dem Tisch in meinem Zimmer verspeisten, klopfte sich Georges zufrieden auf den Bauch und bot an, diesem vorlauten Christian eins auf die Nase zu geben, falls der meine Kreise störe.

»Nicht nötig«, versicherte ich und goss mir noch etwas von dem billigen Rotwein ein, den Georges bei dem Traîteur unten im Haus besorgt hatte.

»Was ist mit dir und Valérie?«

Ich nahm einen Schluck und merkte, dass ich keine Lust hatte, mit irgendwem über Valérie zu reden, nicht mal mit Georges. »Was soll sein?«, meinte ich ausweichend. »Sie ist mit mir im gleichen Semester. Ich finde sie nett. Wir sind gute Freunde.«

Georges sah mich schweigend an.

»Du findest sie *nett*«, sagte er schließlich und grinste unter seinem Bart. »Warum lädst du sie nicht mal zum Essen ein? Sie wäre begeistert von deinen Kochkünsten.«

»In diese Bruchbude? Auf keinen Fall«, sagte ich und fing an, die Teller zusammenzuräumen. »Da wäre sie wohl weniger begeistert. Außerdem hat sie schon einen anderen … glaub ich.«

»Es gibt immer einen anderen«, erklärte Georges. »Bleib dran.«

6

In der Hoffnung, dass meine Stunde noch kommen würde, machte ich mich also zu Valérie Castels treuem Ritter – so wie die kühnen Helden des Chrétien de Troyes, von denen wir in der Vorlesung gehört hatten. Das Jahr 1964 bot sich nicht sonderlich an für Aventiure-Fahrten, und es gab auch keine Turniere, die ich für Valérie hätte bestreiten können, gleichwohl leistete ich unermüdlich meine Minnedienste. Ich lud Valérie ins Kino ein und nahm in Kauf, dass sie ihre Freundin Camille mit in die Vorstellung brachte. Ich half ihr bei Referaten, ich war zur Stelle, als die Studentenbude im Quartier Latin, in die sie umzog, weil ihr altes Zimmer Teil einer Zahnarztpraxis wurde, gestrichen werden musste. Ich schleppte Bücher, Möbel und Farbeimer in den fünften Stock und bekam das erste Mal in meinem Leben einen Hexenschuss. Ich

durchsuchte einen Nachmittag lang die Müll-
tonnen im Hinterhof der Rue Dauphine, weil
Valérie sich todsicher war, aus Versehen einen
Hundert-Franc-Schein weggeworfen zu haben.
Er fand sich später hinter dem Brotkasten, und
wir ließen uns erschöpft und lachend auf ihr
altes Sofa fallen, und Valérie schnupperte an
mir und meinte, ich röche wie ein Clochard.
Und ich war auch zur Stelle, als sie völlig aufgelöst und mit Tränen in den Augen aus der
Telefonzelle trat, weil Foufou, ihr alter Hund,
der zu Hause bei den Eltern in Bordeaux lebte,
vor ein Auto gelaufen war.

An diesem regnerischen Mainachmittag gin-
gen wir nicht, wie es eigentlich ausgemacht war,
zusammen mit den anderen ins Kino. Valérie
war zu traurig und zu durcheinander, sie weinte,
und ich zog sie rasch in ein kleines Café unweit
des Boulevard Saint-Germain, glücklich, sie
trösten zu können. Geduldig hörte ich mir die
stockenden Erzählungen über einen sandfar-
benen Spaniel an, den ich gar nicht kannte,

reichte der Unglücklichen mein Taschentuch und drückte immer wieder mitfühlend ihre Hand.

»Ach, Henri«, sagte sie schließlich und sah mich aus ihren verweinten Augen an, die vor Kummer die dunkelste Schattierung eines Aquamarins angenommen hatten. »Weißt du ... du bist wirklich nett.«

»Ach, Valérie«, sagte ich leise. Ich wusste nicht, was dieses *nett* bedeutete, ob es wirklich nur nett meinte oder doch so viel mehr als nett, aber es war auch nicht wichtig, denn mein Herz quoll über vor Liebe.

Draußen war es dunkel geworden, und vielleicht hätte dies der alles entscheidende Moment sein können, doch ich ließ ihn verstreichen, so wie man oft im Leben eine Gelegenheit verstreichen lässt, ohne es sofort zu bemerken.

Die Intimität jenes Nachmittags, die in erster Linie einem toten Cockerspaniel geschuldet war, sollte sich nur noch einmal wiederholen.

Nach einem viel zu kalten Frühling, der sich mit einem letzten heftigen Regenschauer verabschiedet hatte, war es mit einem Mal doch noch Sommer geworden in Paris. An einem der letzten Semestertage saß ich auf einer Bank im Jardin du Luxembourg, und neben mir saß Valérie in einem ärmellosen blauen Kleid und las mir aus einem Buch vor. Sie hatte es bei den Bouquinisten entdeckt. Es war Alain-Fourniers *Der große Meaulnes*, und Valérie war hingerissen von der Schönheit der Sprache und der Geschichte des ungestümen Augustin, der sich mit seinem Kameraden aufmacht, um das »verlorene Land« zu finden, jenen geheimnisvollen Ort, an dem Augustin unter seltsamen Umständen der bezaubernden Yvonne de Galais begegnet ist, und den die beiden Freunde doch auf keiner Karte finden.

»Es ist mein absolutes Lieblingsbuch«, versicherte sie mir, und ihre Augen waren wie zwei Teiche, in denen sich der Himmel spiegelt. »Du musst es unbedingt lesen«, sagte sie, als wir uns verabschiedeten, und drückte mir in einer spontanen Geste das Buch in die Hand. »Versprich mir das.«

Ich versprach es, und dann zog ich sie plötzlich in meine Arme. Ich vergrub mein Gesicht in ihr duftendes Haar und hielt sie ein wenig zu lang und ein wenig zu fest, und als wir uns verwirrt voneinander lösten und sie mich mit großen Augen ansah, sagte ich noch einmal: »Ich verspreche es.« Und es klang so, als ob ich etwas ganz anderes versprechen würde.

Wenige Tage später begannen die Semesterferien und Valérie Castel fuhr mit ihren Eltern an die italienische Riviera. Ich las das Buch, verschlang es in zwei Tagen und war fest entschlossen, es besser zu machen als der unglückliche Meaulnes.

7

Schon als sie aus dem Zug stieg, hatte ich es gespürt. Etwas hatte sich verändert. Die Befangenheit, mit der sie mich begrüßte und den kleinen Blumenstrauß entgegennahm, den ich ihr gekauft hatte, passte ebenso wenig zu Valérie Castel wie dieses lächerliche Halstuch, das sie sich umgebunden hatte. Ich nahm die große lederne Reisetasche und ging mit klopfendem Herzen neben ihr den Bahnsteig des Gare de Lyon entlang, jenes Bahnhofs, in dem alle Züge aus dem Süden ankommen. Die Sonne spiegelte sich auf den Gleisen, die Luft war immer noch sommerlich warm, und doch war meine übergroße Freude, Valérie endlich, endlich nach drei langen Monaten wiederzusehen, einer eigenartigen Angst gewichen.

»Stell dir vor, dein Lieblingsbuch ist übrigens auch mein Lieblingsbuch«, sagte ich und lachte, um die Verlegenheit zu überspielen, die sich zwischen uns gesenkt hatte.

»Tja. Na so was«, entgegnete sie unbestimmt. »Danke auch für die schönen Blumen.«

Ihre Haare waren heller geworden und über ihre Haut hatte sich eine zarte sommerliche Bräune gelegt.

»War's schön an der Riviera?«, fragte ich. »Du siehst toll aus.«

Sie nickte. Dann blieb sie plötzlich stehen. »Wollen wir etwas trinken? Ich hab fürchterlichen Durst.«

»Klar.« Gemeinsam stiegen wir die Treppe zum *Train Bleu* hinauf. Das alte Bahnhofsrestaurant schwebte mit seinen gemalten Palmen und den südlichen Küstenbildern wie ein Versprechen über den Gleisen.

Valérie setzte sich in eine Nische am Fenster. Hinter ihr an der Wand ragte, umrankt von goldenen Jugendstilblüten, eine Dame der Jahrhundertwende auf, die ein langes weißes Kleid trug und eine runde Hutschachtel in den Händen hielt. Als der Kellner uns die Getränke gebracht hatte, umklammerte Valérie ihr Glas mit der Zitronenlimonade so fest, dass mir ganz schlecht wurde.

»Valérie«, sagte ich. »Was ist los?«

Sie sah mich an und ihre Augen schimmerten wieder in diesem dunklen Aquamarinblau.

»Ich muss dir etwas sagen«, sagte sie.

»Ja?« Mein Mund war plötzlich ganz trocken.

»Ich habe jemanden kennengelernt.« Etwas blinkte in ihren Augen und sie wischte es rasch weg, bevor sie nach meiner Hand griff. »Ach, Henri! Es … es tut mir so leid. Bitte lass uns Freunde bleiben.«

Ich saß da wie vom Donner gerührt und versuchte vergeblich, den Sinn ihrer Worte zu erfassen, während das Herz mir mit einem dumpfen Schlag in die Magengrube fuhr.

Valérie senkte den Kopf und schaute unglücklich zur Seite. Ihr Halstuch war verrutscht, und jetzt sah ich es – diesen verräterischen

blauen Fleck an ihrem Hals, den sie gnädiger-
weise vor mir hatte verbergen wollen.

»Aber … was ist mit Paul? Ich dachte …«,
stammelte ich hilflos.

»Paul ist mein Cousin. Das sagte ich doch.«

»Und wer …« Ich sah sie an und machte den
Mund wieder zu. Ich brachte keinen vollstän-
digen Satz mehr zustande, weil eine Stimme in
meinem Kopf übermächtig wurde, die immerzu
»Idiot!« schrie.

8

Die nächsten Wochen waren die Hölle, Sartre war ein Witz dagegen. Ich taumelte zwischen unerbittlichen Selbstvorwürfen und rasender Eifersucht durch den Tag. Ich war zu spät. *Zu spät* – das Wort klatschte mir ins Gesicht wie eine Ohrfeige. Mit masochistischer Grausamkeit ließ ich mir alles von Valérie erzählen und gab vor, mich für sie zu freuen, während mein Herz verblutete.

Er hieß Alessandro di Forza, war Italiener, zehn Jahre älter als ich, mit einem schneeweißen Boot und einem verwegenen Grinsen. Eines der angesagten Grandhotels an der Riviera gehörte seiner Familie. Er war ein cleverer Geschäftsmann, er war der geborene Verführer, er war eine gute Partie – mit einem Wort, er war alles, was ich nicht war.

Ich hatte nicht den Hauch einer Chance, und diese Erkenntnis machte mich wahnsinnig. Stundenlang lief ich am Ufer der Seine entlang, um einen Weg zu finden, wie ich mit der Tatsache umgehen sollte, dass ich das Mädchen, das ich hätte lieben können wie keine andere, verloren hatte.

Ich beschloss, Valérie Castel aus meinem Leben zu streichen. Ich wollte, ich konnte sie nicht mehr sehen. In den folgenden Wochen ging ich ihr aus dem Weg. Ich schaute zur Seite, wenn sie zu spät ins Seminar kam. Ich stürzte aus der Vorlesung, sobald Professor Caspari seinen letzten Satz gesprochen hatte, ich bog in eine andere Richtung ab, wenn ich sie kommen sah, und hielt mich von den Cafés fern, in denen sie gern mit den anderen saß. Ich redete mir ein, dass das alles zu meinem Besten war. Und ich vermisste das Mädchen mit den aquamarinfarbenen Augen so sehr, dass ich kaum noch in der Lage war, irgendetwas zu tun.

Ausgerechnet die schüchterne Camille war es, die sich mir eines Tages am Ausgang der Universität in der Rue Victor Cousin in den Weg stellte.

Sie schüttelte ihren schwarzen Pagenkopf und sah mich aus ihren dunklen Augen vorwurfsvoll an. »Was soll das, Henri? Warum ziehst du dich so zurück? Wir finden es alle sehr schade, dass du überhaupt nichts mehr mit uns machst.«

»Tja«, sagte ich knapp und fasste an den Riemen meiner Umhängetasche. »Ich find's auch schade.«

Camille legte ihre Hand auf meinen Arm. »Valérie findet es auch schade«, sagte sie bedeutungsvoll.

»So?«, entgegnete ich und presste die Kiefer gegeneinander. »Und warum sagt sie mir das nicht selbst?«

Camille überging meine Frage. »Ihr wart doch immer so gute Freunde«, meinte sie dann.

»Die Dinge ändern sich eben. So einfach ist das.« Ich zog meinen Arm weg, doch die zarte Camille ließ sich nicht abschütteln.

»Nein, so einfach ist das nicht«, sagte sie, während sie ein paar Schritte neben mir herlief. »Du machst einen Fehler, Henri.«

9

Machte ich einen Fehler? Camilles Worte klangen in mir nach, und nachdem ich ein paar Tage mit mir gerungen hatte, gab ich zu, dass es so war. Ich führte mich auf wie ein beleidigtes Kind. Und war es – trotz allem – nicht besser, Valérie zu sehen, als sie nicht zu sehen? Sie war doch so viel mehr für mich als ein begehrenswerter Körper und ein paar schöne Augen. Ich liebte sie wegen ihrer unmöglichen Ausreden, die ihr keiner glaubte. Ich liebte die unerträgliche Detailversessenheit, mit der sie über Bücher sprach, selbst dann noch, wenn alle anderen schon schrien: »Bitte nicht alles verraten, Valérie, wir wollen es doch selbst noch lesen!« Ich liebte es, wie sie ihre Baskenmütze mit jener gewissen kleinen Eitelkeit zurechtzog, die mich rührte, oder wie sie drei Löffel Zucker in ihren *café crème* häufte und dann jedes Mal vergaß, umzurühren. Ich liebte ihre unbekümmerte Art, *Milord* zu singen, auch wenn es sich grauenvoll anhörte, weil sie keinen einzigen Ton traf. Und ich liebte diesen kleinen braunen Sprenksel in ihrem linken Auge, der nur mir gehörte und den dieser selbstherrliche Alessandro niemals im Leben bemerken würde. Valérie und ich waren es doch, die dasselbe Lieblingsbuch teilten, und uns verband so viel mehr als *nur* Liebe oder *nur* Freundschaft.

Ich lag auf dem Bett, starrte an die Decke und erfand sogar ein Wort, um meine besondere Beziehung zu Valérie zu beschreiben – es war die *l'amourté*, eine Mischung aus *l'amour* und *l'amitié* – für mich das wertvollste aller Gefühle. Doch nun, wurde mir plötzlich bewusst, stand ich da mit meiner tollen *amourté* und hatte mich selbst ins Abseits katapultiert.

»Wer rausgeht, muss auch wieder reinkommen«, hatte mein Vater, der in den letzten Tagen des Algerienkriegs durch einen Schuss, der sich versehentlich aus dem Gewehr eines Kameraden löste, ums Leben gekommen war, mir immer hinterhergerufen, wenn ich als zorniger Dreizehnjähriger die Tür hinter mir zuknallte. Ich musste an seine Worte denken, die so wahr waren. Wie kam ich wieder herein nach all den Wochen? Ich wollte doch nichts lieber, als die Tür wieder öffnen, die ich hinter mir zugeschlagen hatte.

Es war noch früh am Morgen, als ich ans Fenster trat und eine Weile ratlos die Bäume betrachtete, deren Blätter wie buntes Löschpapier an den Ästen hingen. Dann ging ich zu meinem Bücherregal, zog den *Großen Meaulnes* heraus und machte mich entschlossen auf den Weg.

Die Vorlesung hatte gerade angefangen, als ich ihre eiligen Schritte hörte. Valérie flog die Treppen herauf und blieb überrascht stehen, als sie mich an der Tür des Hörsaals lehnen sah.

»*Salut*, Henri! Warum gehst du nicht rein?«, stieß sie atemlos hervor.

»*Salut*, Valérie. Ich hab auf dich gewartet«, sagte ich, mindestens ebenso atemlos. Es tat so gut, ihren Namen endlich wieder auszusprechen.

»Hier«, ich zog das Buch aus meiner Tasche.
»Das wollte ich dir noch zurückgeben.«

Sie sah mich mit zögerndem Blick an und ich
suchte nach dem kleinen braunen Fleck in ihrem
Auge. »Du kannst es behalten, wenn du magst.«

»Ich dachte, es wäre dein Lieblingsbuch.«
Der Zweifel begann sofort in mir zu nagen.
»Oder bedeutet es dir nichts mehr?«

»Doch«, sagte sie. »Es bedeutet mir was. Deswegen möchte ich ja, dass du es behältst, Idiot.«

»Danke«, sagte ich beschämt.

Wir sahen uns eine Weile schweigend an,
dann lächelte sie plötzlich und streckte mir die
Hand hin. »Sind wir wieder Freunde?«

Ich nahm ihre Hand, atmete tief durch und
spürte die grenzenlose Erleichterung, die mich
ergriff.

An diesem Vormittag kam Valérie Castel nicht
zu spät in die Vorlesung von Professor Caspari.
Sie kam gar nicht. Sie spazierte mit einem dum-
men Studenten, der einfach nur froh war, neben
ihr zu gehen, durch den Jardin du Luxembourg.

10

Vielleicht wird besonderer Edelmut im Himmel belohnt, vielleicht war es aber einfach auch nur einer jener Zufälle, die erst im Nachhinein einen Sinn ergeben – jedenfalls machte ich etwa eine Woche später einen Fund, der mich all meine hehren Gedanken zum neuen Stand der *amourté* schnell vergessen ließ. Ich durchstöberte gerade die Holzkästen am Ufer der Seine, in denen die Bouquinisten ihre Schätze ausgebreitet hatten, als mir ein abgegriffenes, in ochsenblutrotes Leder gebundenes Büchlein ins Auge fiel. *Les Elixirs de la Mort et de l'Amour.* Die verblichenen Goldlettern auf dem Einband waren schwer zu entziffern. Neugierig blätterte ich durch die vergilbten Seiten des Büchleins, in denen es ganz offensichtlich um todsichere Rezepturen ging, mit denen man sich unliebsame Zeitgenossen vom Hals schaffte. Es war die Abschrift eines berühmten italienischen Giftmischers, der am Hofe Henris IV. offenbar ein gefragter Mann gewesen war, wenn es darum ging, blütenweiße Spitzennachthemden mit unsichtbarem Pulver zu bestäuben, um einflussreiche Mätressen für immer zu entstellen, oder machthungrige Fürsten mit einem wohlschmeckenden Trunk in ein hohes Fieber zu treiben, das in ewiger Umnachtung endete.

Es gab sogar eine Rezeptur, wie man die *potentia coeundi* eines lästigen Nebenbuhlers für immer ausschalten konnte. Ich grinste diabolisch und dachte an Valéries Gigolo von der Riviera, der in unseren Gesprächen zwar ausgeklammert wurde, doch stets wie ein Schatten im Hintergrund lauerte. Es wäre mir ein Vergnügen gewesen, Alessandro di Forza mithilfe von ein paar zusammengemischten Kräutern dessen zu berauben, was er mir voraushatte.

»Gefällt Ihnen das Buch, Monsieur?« Der alte Bouquinist beugte sich hinter seinem Stand vor und warf mir einen listigen Blick aus seinen braunen Äuglein zu.

»Oh ja!«, erwiderte ich aus vollem Herzen.
»Ein äußerst nützliches Buch. Doch leider sind
die Zeiten vorbei, wo man seine Feinde einfach
so vergiften kann.«

Der Alte stieß ein meckerndes Lachen aus
und sprang neben mich. Er ragte mir gerade
mal bis zur Schulter. »Ich überlasse Ihnen diese
Rarität für dreißig Franc.« Er griff nach dem
Büchlein und schlug es an einer bestimmten
Stelle auf. »Sehen Sie ... hier! Es gibt sogar einen Liebestrank.« Er kicherte.

Ich folgte seinem langen Finger mit dem
gelblichen Nagel, der auf eine fleckige Seite
klopfte. *L'elixir d'amour éternel.*

»Das Elixir der ewigen Liebe«, wiederholte
ich verblüfft.

»Ich kenne jemanden, der es ausprobiert
hat«, krächzte mir das Männlein ins Ohr. Von
Sekunde zu Sekunde erschien er mir mehr wie
eine der sonderbaren Gestalten, die in E. T. A.
Hoffmanns Novellen vorkamen. »Es hat ge-
wirkt«, raunte er jetzt verschwörerisch.

Ich lachte ungläubig. »Das wäre ja das erste Mal seit Tristan und Isolde, dass so etwas funktioniert.«

»Kaufen Sie das Buch, junger Mann. Kaufen Sie es, und das Täubchen gehört Ihnen!« Er klappte das kleine rote Buch zu, drückte es mir in die Hand und legte seine runzlige Hand auf die meine. »Zwanzig Franc, mein letztes Wort. Sie werden es nicht bereuen, Monsieur, glauben Sie mir. Dieses Buch hat auf Sie gewartet.« Seine dunklen Augen bohrten sich in meine, und ich trat unwillkürlich einen Schritt zurück.

»Sie werden es nicht bereuen«, rief er mir noch einmal hinterher, als er einen Augenblick später die zwanzig Franc einsteckte, die gegen jede Vernunft den Besitzer gewechselt hatten.

11

Wer jemals im Leben hoffnungslos verliebt war, weiß, dass man auf die seltsamsten Ideen kommt, wenn man glaubt, damit seine Ziele zu erreichen. Es gibt Leute, die essen Photos der geliebten Person oder vergraben bei Vollmond an einer Wegkreuzung eine Haarlocke, die sie heimlich erbeutet haben. Gemessen daran war die Idee, es mit einem *Menu d'amour* zu versuchen, gar nicht so abwegig. Schließlich gab es nachweislich aphrodisische Lebensmittel und Gewürze wie zum Beispiel Granatapfelkerne, Spargel, Safran oder Curry. Dennoch muss ich gestehen, dass ich anfangs mit widerstrebenden Gefühlen die Rezeptur für das Liebeselixir beäugte, das aus mir unbekannten Zutaten wie *Rumex Acetosa*, *Mandragora officinarum* oder *Myristica fragrans* bestand. Wenn man den Worten des italienischen Verfassers glauben durfte, sollte die geheime Mixtur – in destilliertem Rosenwasser und Rotwein aufgelöst und dem Hauptgang kurz vor dem Essen beigemischt – für dauerhafte Liebe zwischen den Menschen sorgen, die das Mahl gemeinsam verspeisten.

»Haha! Das glaubst du doch nicht im Ernst, Henri Bredin«, sagte ich zu mir selbst. »Was für ein Unfug!« Dann musste ich wieder an das sonderbare Männlein denken, das mir am Quai de Conti diese »Rarität« aufgenötigt hatte. Prophetisch, ja schicksalhaft klangen seine Worte, dass das Buch auf mich gewartet habe. Am Ende beschloss ich, einen Versuch zu wagen. Das Schlimmste, was passieren konnte, war doch nur, dass mein Gericht etwas seltsam schmeckte. Und das Beste … das Beste wagte ich mir gar nicht vorzustellen!

Es kostete mich mehr als eine Woche, die seltenen Kräuter und Gewürze aufzutreiben, die das Liebeselixir erforderte. Ich zupfte und zerkleinerte, ich brühte auf und kochte ein und

goss den Sud vorsichtig durch ein Küchenhand-
tuch.

Und dann hielt ich das kleine Fläschchen in
den Händen, das mein Leben grundstürzend
verändern sollte.

12

»Endlich wirst du vernünftig«, sagte Georges. Er stand vor mir, in der Hand seine Reisetasche, und füllte den schmalen dunklen Flur unserer Wohnung fast völlig aus. Ich wischte mir die Hände an der Schürze ab und lächelte bei dem Gedanken, dass ich mich noch nie so weit weg von jeder Vernunft befunden hatte wie gerade jetzt. Doch das konnte Georges natürlich nicht ahnen. Der Geruch von wildem Thymian, Knoblauch und angebratenem Speck drang aus der Küche, wo das Lammragout mit den Granatapfelkernen im Backofen schmorte.

»Habe ich nicht immer gesagt, du sollst sie zum Essen einladen? Liebe geht durch den Magen – also, bei mir jedenfalls. Hmmm – wie das riecht! Vielleicht sollte ich doch hierbleiben, anstatt Cathérine zu besuchen.« Er grinste und versetzte mir dann einen freundschaftlichen

Schlag auf die Schulter. »Keine Angst, mich siehst du vor Sonntagabend nicht wieder. *Salut, Henri, bonne chance!*«

Ich nickte und schob ihn ungeduldig in Richtung Tür, wo er erneut stehen blieb.

»Und denk daran, die Katze zu füttern.«

»Ja, mach ich, keine Sorge.«

Er legte die Hand an die Klinke, als ihm noch etwas einfiel.

»Ach, und Henri – vergiss nicht, später das Eis hochzuholen. Ich wette, den Nachtisch werdet ihr doch vergessen! Wär schade drum.«

Ich schüttelte den Kopf und lächelte. »Nein, Georges, den vergesse ich bestimmt nicht.«

Endlich war er weg. Ich schloss erleichtert die Wohnungstür hinter ihm, lehnte mich für einen Moment mit klopfendem Herzen gegen den Türrahmen und atmete tief durch. Dann warf ich einen Blick auf die Uhr. Noch eine Stunde. Als ich an der Kommode vorbeikam, sah ich, dass Georges seinen Wohnungsschlüssel dort liegen gelassen hatte. Ich zuckte die Achseln. An diesem Wochenende würde er ihn nicht benötigen. Ich zog Georges' Zimmertür zu und ging dann in mein Zimmer, wo der Tisch für zwei Personen gedeckt war. Ein paar Blumen standen in einer Vase und zwei Leuchter mit Haushaltskerzen sollten für die nötige Stimmung sorgen. Ich schloss das Fenster. Ein Wind war aufgekommen, der das Herbstlaub über die Straßen fegte, und ein leichter Regen fiel. Draußen wurde es dunkel. Ich begutachtete den Holztisch mit seinen schlichten weißen Tellern und den Rotweingläsern. Nach einigem Überlegen stellte ich die Leuchter wieder weg. Zu offensichtlich! Schließlich kam Valérie als gute Freundin zu mir. Noch hatte sie das Liebeselixir ja nicht geschluckt, geschweige denn, dass sie etwas von meinen dunklen Plänen ahnte.

»Oh, du willst kochen!«, hatte sie gewitzelt, als ich sie für Freitag zum Abendessen einlud, und mit einem kleinen spöttischen Lächeln hatte sie hinzugefügt: »Kannst du denn überhaupt kochen?«

»Lass dich einfach überraschen«, hatte ich geantwortet und eine geheimnisvolle Miene aufgesetzt.

Ich schaltete das Deckenlicht aus und knipste die Stehlampe an, die neben dem zerschlissenen Sessel vor dem Bücherregal stand. Sofort verbreitete sich ein warmes, gemütliches Licht im Zimmer, an dessen hinterer Wand ein alter Kleiderschrank und mein schmales Bett standen. Ich starrte auf die verblichenen Blumentapeten und den alten Ölofen in der Ecke, ging zum Bett hinüber und zog die Tagesdecke noch einmal glatt. Dann eilte ich in die Küche zurück, wo ich schon seit dem frühen Morgen meine Vorbereitungen getroffen hatte. Zufrieden und aufgeregt ließ ich meinen Blick über das appetitliche Chaos schweifen, das hier herrschte. Die Steingutschüssel mit der sämigen Kartoffelvinaigrette stand auf der Anrichte, bereit für den Feldsalat, dessen glänzende, fein geputzte Blätter gewaschen und mit einem Handtuch trocken geschüttelt neben den hellen Champignons im Sieb lagen.

Die angebratenen Speckwürfel warteten in der Pfanne.

In der Spüle stand noch der kleine Topf mit der Metallschale, in dem ich die Schokolade für die *Gâteaux au chocolat* geschmolzen hatte. Die Förmchen mit dem Teig hatte ich, abgedeckt mit Zeitungspapier, draußen vor das Küchenfenster auf einen verrutschten Dachziegel gestellt, der eine Art Vorsprung bot. Die kleinen Schokoladenkuchen wurden warm serviert und würden erst später in den Ofen kommen, wo jetzt noch Lammfleisch und Kartoffelgratin in schönster Eintracht nebeneinander schmorten.

Ich räumte die Reste der Granatäpfel und die Orangenschalen von der Anrichte und tat alles in den Mülleimer unter der Spüle. Das Blutorangenparfait hatte ich morgens gleich als Erstes zubereitet – eigentlich ein einfaches Dessert, das immer gelang – in dieser Küche jedoch eine echte Herausforderung! Erst nachdem ich die sahnige Masse in die längliche Kuchenform gefüllt hatte, war mir wieder eingefallen, dass wir leider keinen Kühlschrank hatten, geschweige denn ein Gefrierfach. »*Mon Dieu*, was mach ich nur … was mach ich nur?«, hatte ich gemurmelt und unglücklich auf die Form gestarrt.

»Findest du nicht, dass du ein bisschen übertreibst?«, hatte Georges gefragt, als er meine Verzweiflung sah. »*Ein* Nachtisch hätte doch auch gereicht.«

Natürlich hätte ein Dessert gereicht, aber wusste Georges, wie unwiderstehlich das halbgefrorene, leicht bittere Blutorangenparfait zu dem warmen duftenden Schokoladenküchlein schmecken würde? Und kannte die Liebe überhaupt das Wort Übertreibung? Ich hatte fast die Hälfte meines kärglichen Monatssalärs für dieses Festmahl ausgegeben. Auch wenn ich im Besitz des Elixirs war – von dem ich, einem verrückten Aberglauben gehorchend, nicht einmal Georges etwas erzählt hatte –, so wollte ich dennoch für Valérie Castel das beste, das raffinierteste, das köstlichste Menü zubereiten, das jemals ein Mensch gegessen hatte.

Georges hatte mir schließlich die Form aus der Hand gerissen und sie kurzentschlossen zu Madame Bezier gebracht. Das war eine feine alte Dame, die unter uns wohnte und manchmal in ohrenbetäubender Lautstärke ihre alten Beethoven-Platten hörte. Sie war alleinstehend, aber mit Eisschrank.

Ich hatte Valérie für acht Uhr bestellt. Und weil mir klar war, dass sie wie stets nicht pünktlich sein würde, hatte ich ein Gericht gewählt, bei dem es nicht auf Pünktlichkeit ankam. Im Gegenteil – je länger das Lammfleisch bei kleiner Flamme im Rotwein schmorte, desto zarter würde es sein.

Als ich die Backofentür öffnete, schlug mir ein heißer, nach Kräutern duftender Schwall Luft entgegen. Ich nahm die Topflappen, packte die schwere Casserole und stellte sie auf dem gusseisernen Herd ab. Dann öffnete ich den Topf, rührte noch einmal mit dem Holzlöffel in dem Ragout und kostete. Das zartherbe Aroma eines zerplatzenden Granatapfelkerns legte sich auf meine Zunge, bevor ich das Fleisch zerkaute, das weich wie Butter war. So musste das Paradies schmecken!

Schließlich trat ich ans Regal, langte nach oben, schob die Blechdosen mit Mehl, Zucker und Salz beiseite und holte das Fläschchen hervor, das ich dort versteckt hatte. Mit klopfendem Herzen betrachtete ich den kostbaren Inhalt, der grünlich schimmerte und ein bisschen gefährlich aussah.

Coquine, die von ihrem Lieblingsplatz auf dem Besenschrank den ganzen Tag über aufmerksam das geschäftige Treiben beäugt hatte, sprang mit einem Satz herunter und strich mir auffordernd um die Beine. »Jetzt nicht, Coquine«, sagte ich nervös.

Es war halb acht, als ich vorsichtig den Verschluss der kleinen Flasche aufdrehte und zum Herd trat, wo das Lammragout köchelte. Nun würde das *Menu d'amour* seine letzte und wichtigste Zutat bekommen.

In diesem Moment klingelte es an der Tür.

13

An diesem Freitag kam Valérie Castel zum ersten Mal nicht zu spät. Sie kam eine halbe Stunde zu früh und setzte damit eine Kette von Ereignissen in Gang, die ich erst später mühsam rekonstruierte. Ich wischte mir die Hände an der Schürze ab, stolperte fast über die Katze und trat ungehalten in den Flur, überzeugt davon, dass es der vergessliche Georges sein musste, der das Fehlen seines Schlüssels nun doch noch bemerkt hatte und zurückgekehrt war.

Mit einem leisen Fluch riss ich die Wohnungstür auf und sah in zwei blaue Augen, die mich erstaunt anschauten.

»Komme ich zu früh?« Valérie stand da, mit geröteten Wangen, in ihrem blauen Mantel und ihrer Kappe und lächelte etwas zaghaft. Sie roch nach Regen und in der Hand hielt sie ein Körbchen mit Kirschen.

»Nein ... äh ... nein«, stammelte ich und riss mir die Schürze herunter. »Du kommst keine Sekunde zu früh – ich meine, du kommst genau richtig.« Ich trat einen Schritt zurück, um sie hereinzulassen. »Es ist alles fertig.«

»Ja. Es duftet schon im ganzen Treppenhaus«, sagte sie und hielt mir die Kirschen entgegen. »Hier, das habe ich uns zum Nachtisch mitgebracht.«

»Oh! Wunderbar! Danke!« Ich nahm ihr das Körbchen ab und dachte flüchtig an mein Blutorangenparfait im Eisfach von Madame Bezier. »Komm, gib mir deinen Mantel.« Ich machte die Zimmertür von Georges kurz auf und warf Valéries Mantel hinein.

Sie blickte sich interessiert um. »Hier wohnt ihr also. Sehr nett«, meinte sie.

»Na ja, wir hausen eher hier«, entgegnete ich. »So unter dem Dach. Aber ich mag das Quartier.«

»Ja, das Viertel ist sehr schön«, wiederholte sie. »Ist Georges gar nicht da?«

»Georges konnte nicht … er ist zu seiner Verlobten gefahren«, sagte ich schnell. »Möchtest du ein Glas Wein? Setz dich schon mal, ich komme sofort.«

Das war knapp, dachte ich, als ich den Salat mit der Vinaigrette vermischte und die Casserole wieder in den Backofen schob. Eine Minute später lehnte Valérie in der Küchentür.

»*Oh là là*«, sagte sie, als sie die überquellenden Regale und das Durcheinander an Töpfen, Schüsseln, Dosen und Küchengeräten sah. »Hat hier eine Bombe eingeschlagen?« Coquine sprang auf die Spüle und spielte mit einer Kartoffelschale.

»Nein, hier hat nur ein Mann gekocht«, sagte ich und verscheuchte die Katze. »Außerdem siehst du ja selbst, wie winzig diese Küche ist.«

»Ja. Eine richtige kleine Hexenküche. Mit schwarzer Katze. Sehr charmant!«

Sie grinste und ich wurde rot. Ich machte das kleine Fenster auf. Es war sehr warm in der Küche und diese war, wie gesagt, sehr winzig.

14

An diesem Abend redeten wir ausnahmsweise einmal nicht über Bücher. Wir redeten über das Essen. Zunächst. Hatte schon der Feldsalat mit der Kartoffelvinaigrette Valéries Wohlgefallen erregt, so schien das Lammragout mit den Granatapfelkernen ihr Herz im Sturm zu erobern.

»Meine Güte, das ist ja *köstlich*!«, rief sie aus, nachdem sie die ersten Bissen in den Mund geschoben hatte. Sie brach sich ein Stück von dem frischen Baguette ab und tunkte es in die Soße. »Ehrlich, Henri, ich bin beeindruckt. Hast du noch mehr solcher verborgener Talente?«

»Schon möglich.« Ich zuckte grinsend mit den Schultern, dachte, ja, neuerdings bin ich auch Hersteller von Liebestränken, und sah fasziniert zu, wie sie etwas Soße von ihrem Finger schleckte.

»Hmmm …« Sie schmeckte die Soße nach. »Was hast du da nur alles reingetan?«

»Ach ... so dies und das«, entgegnete ich unbestimmt.

Valérie spießte ein Stück Lamm auf ihre Gabel und warf mir einen spitzbübischen Blick zu.
»Einen Mann, der so kochen kann, sollte man
eigentlich auf der Stelle heiraten.«

Sie lachte.

»Da musst du dich beeilen, ich weiß nämlich
nicht, wie lange ich noch zu haben bin«, sagte
ich und lachte auch. »Noch etwas Wein?«

Sie nickte ausgelassen und ich goss ihr den
Rotwein so schwungvoll ins Glas, dass er über-
schwappte.

»*Tiens*, du kannst mich ja schon mal vormer-
ken«, entgegnete sie, und wir lachten wieder und
prosteten uns zu. Natürlich war es als Witz ge-
meint. Zumindest glaubte das Valérie. Ich aber
wusste es besser. Das Elixir begann zu wirken.

Gebannt sah ich zu, wie die ahnungslose
Schöne mit großem Appetit und glänzenden
Augen Gabel um Gabel des Lammragouts in
ihrem Mund verschwinden ließ. Mit jedem

Bissen schien sie mehr in der Stimmung, mit mir herumzuflachsen. Ermutigt bot ich ihr Paroli, ich war selbst erstaunt, wie einfach es plötzlich war, mit Valérie zu flirten.

»Vielleicht solltest du später ein Restaurant aufmachen«, sagte sie, als sie sich von dem Lammragout nachnahm. »So ein kleines, charmantes Restaurant mit rot-weißgewürfelten Tischdecken. Ich *liebe* rot-weißgewürfelte Tischdecken!«

»Na, wenn das so ist, habe ich wohl keine große Wahl«, sagte ich. »Rot-weiß gewürfelte Tischdecken also. Gibt es auch schon einen Namen für das Restaurant? Vielleicht *Chez Henri?*«

Valérie kaute nachdenklich und blickte suchend im Zimmer umher wie bei diesem Kinderspiel »Ich-sehe-was-was-du-nicht-siehst«. Dann blieb ihr Blick an dem Körbchen mit den Kirschen hängen, das zwischen uns auf dem Tisch stand.

»Ja, natürlich«, rief sie aus. »Wir nennen es *Le temps des cerises* – Die Zeit der Kirschen. Wie in dem Lied, du weißt schon ... *Quand nous chanterons le temps des cerises et gai rossignol et merle moqueur* ...« Unbekümmert und völlig schief schmetterte sie die ersten Takte, und Coquine raste verschreckt unters Bett. »Und zur Erinnerung an diesen Abend. Damit du mich nicht vergisst, wenn du mal ein berühmter Koch bist.«

»Wie sollte ich dich vergessen«, gab ich zurück. »Du hilfst mir doch in der Küche.«

»Das kannst du vergessen«, erwiderte sie lachend. »Als Küchenfee tauge ich nicht.«

»Dann eben als Kellnerin. So eine weiße Schürze würde dir bestimmt gut stehen. Stelle ich mir sehr verführerisch vor.« Ich biss mir grinsend auf die Unterlippe.

»He, werd nicht unverschämt«, sagte sie, aber ich konnte sehen, dass ihr meine neue Unverschämtheit irgendwie gefiel. »Was ist eigentlich heute Abend mit dir los, Henri Bredin? Du bist so ... anders.« Sie schenkte mir ein irritiertes Lächeln und sah mich an, als ob sie mich zum ersten Mal sähe.

»Das bildest du dir ein, ich bin wie immer«, log ich und jauchzte innerlich auf. Es wirkte! Es wirkte tatsächlich! »Komm nimm noch ein bisschen von dem Ragout. Es ist genug da.«

»Nein, nein«, sie kaute genussvoll auf einem Stück Fleisch und sah mich kopfschüttelnd an. »Du bist irgendwie so aufgekratzt. So ausgelassen … als ob etwas ganz Tolles passiert wäre. Also, was ist passiert?«

»Na ja«, sagte ich und beschloss, aufs Ganze zu gehen. »Das schönste Mädchen von Paris sitzt heute Abend bei mir zu Hause am Tisch. *Das* ist passiert.«

Ich hob den Blick und sah sie an. Bildete ich mir das nur ein, oder zog sich tatsächlich eine leichte Röte über ihr Gesicht?

»Oh«, sagte sie. »Sehr charmant. Aber du weißt schon, dass ich eigentlich vergeben bin.« Sie lächelte verlegen.

Ich lächelte auch. Immerhin hatte sie »eigentlich« gesagt.

15

Eine halbe Stunde später legte Valérie mit einem glücklichen Seufzer ihr Besteck ab und lehnte sich zurück. »Das war göttlich«, sagte sie. »Aber jetzt kann ich wirklich nicht mehr.«

Ich lächelte zufrieden. Die Casserole war fast leer.

Valérie legte ihre Serviette auf den Tisch und sah mit einem Mal nachdenklich aus. »Weißt du ... Alessandro ...«, begann sie unvermittelt.

»Ja?«, fragte ich und hätte fast die Casserole fallen lassen, die ich gerade in die Küche tragen wollte. Es war das erste Mal, seit ich Valérie damals von der Gare de Lyon abgeholt hatte, dass der Name des mir verhassten Nebenbuhlers wieder fiel, gleichwohl sah sie ihn ab und zu.

»Er macht sich nicht sehr viel aus Essen. Komisch oder?«

»Sehr komisch«, bestätigte ich. »Leute, die sich nichts aus Essen machen, sind mir nicht geheuer.«

»Aber sonst ist er ganz wunderbar.«

»Klar«, sagte ich großzügig. »Sonst hättest du dich ja nicht in ihn verliebt.«

»Ja«, sagte sie und schien wieder zu überlegen. »Es ist nur ...«

»Ja?«, fragte ich scheinheilig.

»Er macht sich auch nichts aus Büchern. Manchmal weiß ich gar nicht, was ich mit ihm reden soll. Ich meine, ich kann mich gar nicht so richtig gut mit ihm unterhalten – so wie mit dir.« Sie sah mich fragend an, und nur ich wusste, dass sie mit dem Ragout auch den Zweifel gegessen hatte, der sich nun in ihren Eingeweiden festsetzte.

»Tja«, sagte ich und packte die Griffe der Casserole fester. »Ich finde, das ist sehr bedauerlich. Für Alessandro.« Ich gab mir Mühe, nicht zu vergnügt auszusehen. Für *mich* jedenfalls lief das hier *richtig* gut.

16

Als ich das Parfait hochgeholt hatte und mit den warmen Schokoladenküchlein aus der Küche kam, stand Valérie vor dem Bücherregal. Ihre schlanken Finger fuhren die Buchrücken entlang, und als sie den Gedichtband von William Butler Yeats herauszog, fiel ein anderes Buch zu Boden. Ein Büchlein, um genau zu sein. Mit einem ochsenblutroten Ledereinband. Valérie bückte sich schon, um es aufzuheben, da fiel mir siedend heiß der Zettel ein, der noch zwischen den Seiten des Liebeselixirs steckte und auf dem die Menüfolge für den Abend mit Valérie Castel stand.

Mit zwei Sätzen war ich neben ihr und riss das verräterische Buch an mich, bevor Valérie danach greifen konnte. Wir stießen zusammen, und sie sah mich überrascht an.

»Au! Was machst du denn da?« Sie rieb sich lachend die Schulter und rappelte sich auf.

»Nichts«, sagte ich atemlos und schoss in die Höhe.

Valérie starrte auf das Buch in meiner Hand und versuchte vergeblich den Titel zu entziffern. »Was steht da vom Tod und von der Liebe?« Glücklicherweise verdeckte mein Daumen das Wort »Elixir« und so hatte sie es nicht lesen können. Ich versteckte das Buch hinter meinem Rücken und grinste unschuldig.

»Henri, was ist das für ein Buch? Sind das Gedichte?«

»Äääh, nein«, sagte ich knapp. »Bitte setz dich wieder, ich hole jetzt das Blutorangenparfait.«

Ich flüchtete mit dem Buch in die Küche, und sie folgte mir.

»Sei nicht albern, Henri – warum darf ich das Buch nicht sehen?«

Ihre weibliche Neugier war entfacht, ohne Zweifel. Und sicherlich kam es im Leben einer Valérie Castel nicht oft vor, dass ihr jemand etwas verwehrte. Ungeduldig zog sie an meinem

Arm und versuchte mir das Buch aus der Hand zu schlagen. Lachend rangelten wir eine Weile in der Küche herum, ich hielt sie fest, spürte ihren biegsamen Körper, der sich in meinen Armen wand, sah aus dem Augenwinkel, wie ihr Kleid hinaufrutschte und die Halter ihrer Seidenstrümpfe aufblitzten, ihr heißer Atem streifte mein Ohr. Ihre körperliche Nähe und die Tatsache, dass ich etwas besaß, was Valérie so unbedingt von mir haben wollte, erregten mich auf seltsame Weise und ließen mein Herz schneller schlagen. Und wäre da nicht die Angst vor der größten Blamage meines Lebens gewesen, hätte ich unseren kleinen Kampf sicherlich noch mehr genossen.

Lachend und erhitzt ließ Valérie einen Moment von mir ab, bevor sie erneut versuchte, an das Buch zu kommen, das ich nun hoch über meinem Kopf hielt.

»Was ist das, Henri?«, keuchte sie starrsinnig. »Jetzt mach's nicht so spannend.«

»Nichts«, entgegnete ich.

Und dann warf ich das rote Buch kurzerhand über die Schulter aus dem Küchenfenster. Es polterte die Dachziegeln hinunter, bevor die Dunkelheit es mit einem sanften Schlag verschluckte.

»Das schöne Buch. Warum hast du das getan, Henri?«

Sie stand vor mir, die Augen ganz nah.

»Weil ich dich liebe«, sagte ich.

Für einen Moment war es so still, dass ich glaubte, ihren Herzschlag zu hören.

Dann legte sie die Arme um meinen Hals, stellte sich auf die Zehenspitzen und küsste mich.

»Ich habe es gewusst. Im Grunde meines Herzens habe ich es immer gewusst«, flüsterte sie. Ich hielt sie in den Armen und wusste nur, dass ich sie nicht mehr hergeben wollte.

»Was? Was hast du immer gewusst?«, murmelte ich.

»Dass du der Richtige bist.«

17

In jener Nacht wurde die kleine Mansardenwohnung mit den vergilbten Tapeten in dem
schiefen Haus in der Rue Mouffetard zu einem
glücklichen Ort. Ich habe später in größeren
Wohnungen gewohnt und in schöneren. Ich
habe in breiteren und weicheren Betten geschla-
fen. Doch mein Glück war nie größer als dort,
wo wir engumschlungen auf einer schmalen
Matratze lagen, dem Regen lauschten, der auf
das Dach prasselte, und ganz leise wurden vor
Liebe.

Damals wusste ich noch nicht, dass das Leben auch für zwei Menschen, die füreinander
bestimmt sind, nicht immer eine lange Zeit
bereithält. Ich wusste nicht, dass ich später ein
Restaurant in Saint-Germain haben würde und
eine kleine Tochter, die ihrer Mutter so ähn-
lich sah, dass es mich schmerzte, und der ich

einmal erklären würde, dass es nicht auf die Jahre ankommt, sondern darauf, was in ihnen geschieht.

An jenem Herbsttag im Jahr 1964 stand die Zeit einfach still. Im Zimmer hing noch der Duft von wildem Thymian und Schokoladen-kuchen und auf dem Tisch standen in schönster Unordnung Weingläser und Teller, die dort ver-gessen worden waren. Und ein kleiner Korb mit Kirschen. Valérie lag neben mir, und irgendwo in einer Regenrinne lag ein kleines rotes Buch in der Dunkelheit, dessen Seiten nach und nach aufweichen würden, bis sie schließlich nicht mehr zu lesen waren. Alles war so gekommen, wie ich es mir erhofft hatte.

Und doch sollte diese Nacht noch eine Überraschung für mich bereithalten, mit der ich nicht gerechnet hatte.

Es war etwa gegen fünf Uhr, als ich durch ein leises, klirrendes Geräusch geweckt wurde, das aus der Küche zu kommen schien. Vorsichtig löste ich mich aus Valéries Armen und schlich mich durch den schmalen dunklen Flur in die Küche. Ich machte Licht und blickte schlaftrunken auf die ungespülten Teller, Töpfe und Pfannen, die sich in der Spüle stapelten. Auf der Anrichte stand ein einsamer *Gâteau au chocolat* und in einer Schale waren die Überreste des Orangenparfaits zu einem kleinen See zerflossen. Dann erst bemerkte ich Coquine, die auf dem Küchenboden saß, sich mit ihrer kleinen rosa Zunge über das Maul fuhr und mich schuldbewusst anstarrte, bevor sie den Kopf senkte und weiterschleckte. Vor ihr hatte sich eine kleine grünliche Lache ausgebreitet, an deren Rand ein zerbrochenes Glasfläschchen lag.

Mit einem Mal war ich hellwach. Ich fasste mir an den Kopf und lehnte mich gegen die Küchenwand, während ich ungläubig auf das Fläschchen starrte. Mein Blick wanderte über die vollgestellte Anrichte, dann wieder zu der schwarzen Katze, die einen kurzen Augenblick aufschaute und zu schnurren anfing.

Ich blickte in ihre grünen Augen und sah durch tausend Spiegel. In Sekundenschnelle fiel ich durch die Zeit – bis hin zu jenem Moment, als ich mich selbst mit dem geöffneten Fläschchen vor der Casserole stehen sah, bis hin zu jenem Moment, als es an der Tür klingelte. Ich schloss die Augen und die Bilder liefen noch einmal vor meinem inneren Auge ab …

Das Fläschchen in meiner Hand. Jetzt ist der große Moment gekommen. Es klingelt. Wer ist das? Sicher Georges, der den Schlüssel vergessen hat. Dieser Trottel! Ich halte das Fläschchen in meiner Hand, mache ein paar Schritte, die Katze läuft mir zwischen die Füße, ich fluche, ich stolpere, fast falle ich, ich stelle das Fläschchen kurz ab, auf der Anrichte direkt am Küchenausgang, neben die Flasche mit dem Olivenöl, es schellt noch einmal, ja, ja, ich komm ja schon. Ich muss zusehen, dass Georges sich endlich vom Acker macht. Ich wische mir die Hände an der Schürze ab, ich fluche noch einmal, es ist halb acht, ich reiße die Tür auf. Die

Überraschung lässt mich zurückprallen. Das gibt's doch nicht. Sie ist es. SIE! Mein Herz steht still. Sie riecht nach Regen. Komme ich zu früh? Sie sieht so schön aus. Mein Gott! Warum ist sie schon da? Diese Augen. Der blaue Mantel. Wie damals in der Vorlesung. Und ich stehe hier in dieser komischen Schürze. Verschwitzt. Peinlich. Sie lächelt. Mein Herz fängt wieder an zu schlagen. Ich habe Kirschen mitgebracht. Kirschen! Sinnbild der Küsse. Setz dich schon mal, ich komme gleich. Ich werfe ihren Mantel in Georges' Zimmer und stürze zurück in die Küche. Meine Gedanken überschlagen sich. Das war knapp. Ich schiebe die Casserole wieder in den Backofen und vermische den Salat mit der Vinaigrette … Das Fläschchen steht nicht mehr neben dem Herd … Das Fläschchen steht nicht mehr neben dem Herd …

18

Ich öffnete die Augen. Erst in diesem Moment begriff ich, dass das *Elixir d'amour* gar nicht seinen Weg in die Casserole gefunden hatte. Ich hatte es niemals hineingetan. Es war neben der Flasche mit dem Olivenöl stehen geblieben, bis Coquine es mitten in der Nacht auf den Boden warf. Valéries unerwartetes Auftauchen war wie ein Schock gewesen, der mich für einen kurzen Augenblick alles vergessen ließ. Und als ich dann aufgeregt in die Küche zurückkehrte und das Zauberfläschchen nicht mehr neben dem Herd stand, spielte mir meine Erinnerung einen Streich. Ich hätte geschworen, dass ich die kleine Flasche über der Casserole ausgeleert und noch rasch in den Mülleimer geworfen hatte, bevor ich davonstürzte, um die Tür zu öffnen.

Kopfschüttelnd holte ich den Handfeger aus dem Schrank, um die Scherben aufzukehren.

Coquine hatte ganze Arbeit geleistet. Das Liebeselixir schien ihr geschmeckt zu haben. Während ich vorsichtig die Überreste des Glasfläschchens aufhob und in den Müll warf, drückte sie sich schnurrend an meine Beine, und dann sah sie mich – ich schwöre es! – so verliebt an, wie nur eine Katze einen Menschen ansehen kann.

Mag sein, dass ich mir das aber auch nur einbildete. Mit verliebten Katzen kenne ich mich nicht aus.

Ich hörte, wie Valérie nach mir rief. Ihre Stimme klang ganz weich vom Schlaf. »Kommst du?«

»Ich komme«, sagte ich und spürte eine stille, unbändige Freude, die mich vom Kopf bis zu den Zehenspitzen erfasste. Versonnen trat ich an das kleine Fenster und blickte noch einmal in die Nacht hinaus, die an diesem Tag ihre ganz eigene Magie bekommen hatte. Es hatte zu regnen aufgehört und die helle Sichel des Mondes war zum Greifen nah. Der Wind trieb die Wolken am Himmel entlang. Ich sah zwei Sterne.

Alle Menüs sind für zwei Personen
berechnet, lediglich bei den Tartes gelten
die Zutaten für eine ganze Tarte.

Les Menus

Die Menüs

Menu d'amour

Ein anregendes Menü für alle Liebenden
und solche, die es werden wollen

Feldsalat mit Avocados, Champignons
und Macadamianüssen
in der Kartoffelvinaigrette

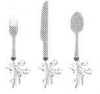

Lammragout mit Granatapfelkernen
und gratinierten Kartoffeln

Gâteau au chocolat
mit Blutorangenparfait

Feldsalat mit Avocados, Champignons und Macadamianüssen in der Kartoffelvinaigrette

Zutaten

100 Gramm Feldsalat

1 Avocado

100 Gramm kleine Champignons

1 rote Zwiebel

1 große Kartoffel (mehlig kochend)

10 Macadamianüsse

60 Gramm Schinkenspeckwürfel

2 bis 3 EL Apfelessig

100 Milliliter Gemüsebrühe

1 EL flüssigen Honig

3 TL Olivenöl

1 Stich Butter

Salz und Pfeffer

1 Den Feldsalat putzen, waschen und trocken schleudern. Die Champignons waschen, putzen und in Scheiben schneiden. Die Avocado schälen und in Scheiben schneiden. Die Macadamianüsse in einer Pfanne in einem Stich Butter goldbraun rösten. Die Zwiebel halbieren und in dünne Scheiben schneiden. Die Kartoffel mit Schale kochen, bis sie weich ist.

2 Die Schinkenspeckwürfel in einer Pfanne anbraten, bis sie schön knusprig sind. Dann die Gemüsebrühe aufkochen und Essig, Salz, Pfeffer, 1 EL Honig und Öl einrühren. Die Kartoffel pellen, in die Brühe geben und mit einer Gabel zerdrücken und alles mit einem Schneebesen glattrühren.

3 Den Feldsalat mit den Champignons, den Avocadoscheiben, Zwiebeln und Nüssen auf Tellern anrichten. Die Schinkenspeckwürfel darüberstreuen und mit der lauwarmen Soße beträufeln. Sofort servieren.

Lammragout mit Granatapfelkernen und gratinierten Kartoffeln

Zutaten

400 Gramm Lammfleisch aus der Keule

2 Karotten

2 Stangen Sellerie

1 rote Zwiebel

2 große Tomaten

1 große Aubergine

2 Granatäpfel

2 Knoblauchzehen

3 EL Butter

1 Bund frischer Thymian

1 EL Mehl

¼ Liter trockener Weißwein

400 Gramm kleine Kartoffeln (festkochend)

2 Eier

¼ Liter Sahne

1 Zunächst wird das Lammfleisch vom Fett befreit und dann in Würfel geschnitten. Danach die Karotten schälen, Selleriestangen waschen und putzen. Aubergine waschen, alles in kleine Würfel schneiden. Zwiebel und Knoblauch schälen und fein würfeln. Granatapfel halbieren und die Kerne herausholen und zur Seite stellen. Die Tomaten kurz ins kochende Wasser tun, dann kalt abspülen und enthäuten. Das Fruchtfleisch entkernen und in Würfel schneiden.

2 Das Gemüse (außer den Tomaten und den Granatapfelkernen) in einer Pfanne in Butter andünsten. Mit Salz, Pfeffer und den abgezupften Thymianblättchen würzen. Das Lammfleisch in Olivenöl in einer Casserole scharf anbraten, salzen und pfeffern. Dann mit Mehl bestäuben, alles verrühren und anschließend mit dem Weißwein übergießen. Das Gemüse dazugeben, auch die Tomaten, und alles zugedeckt bei schwacher Hitze (150 Grad) im

Backofen etwa 2 Stunden schmoren lassen. Bei Bedarf weiteren Wein nachgießen. Die Granatapfelkerne erst zum Schluss beigeben.

3 Während das Lammfleisch schmort, die Kartoffeln waschen, schälen und in hauchdünne Scheiben schneiden (oder mit dem Gurkenhobel hobeln). Eine Gratinform mit Butter ausfetten und die Kartoffelscheiben kreisförmig in die Form legen, mit Salz und Pfeffer bestreuen. Anschließend Sahne und Eier verquirlen, würzen, über die Kartoffeln gießen und darauf Butterflöckchen verteilen. Bei 180 Grad etwa 40 Minuten garen.

Gâteau au chocolat mit Blutorangenparfait

Zutaten

100 Gramm feine Bitterschokolade
(mindestens 70 Prozent Kakaoanteil)
2 Eier
35 Gramm (gesalzene) Butter
35 Gramm brauner Zucker
25 Gramm Mehl
1 Päckchen Vanillezucker
4 Stück Schokolade extra

1 Die Schokolade und die Butter im Wasserbad schmelzen. Eier schaumig schlagen und den Zucker dazugeben. Vanillezucker einrühren. Das Mehl und die geschmolzene Schokolade unterheben.

2 Zwei Förmchen mit Butter ausfetten und mit Mehl bestäuben. Dann die Förmchen zu einem Drittel füllen, je zwei Schokoladenstückchen darauflegen und den restlichen Teig einfüllen.

3 Im vorgeheizten Ofen bei 220 Grad 8 bis 10 Minuten backen. Die Gâteaux au chocolat sollen nur außen gebacken und innen flüssig sein und werden mit Puderzucker überstäubt und lauwarm serviert.

Dazu reicht man das ...

Blutorangenparfait

Zutaten

3 Blutorangen

2 Eigelb

100 Gramm Puderzucker

1 Prise Salz

2 Päckchen Vanillezucker

¼ Liter Schlagsahne

1 Das Eigelb mit Zucker, einer Prise Salz und 3 EL heißem Wasser mit dem Mixer aufschlagen, bis die Masse sämig wird. Dann Saft von 2 Orangen zugießen. Die Sahne mit dem Vanillezucker steif schlagen und unter die Crème ziehen.

2 In eine Kastenform geben und über Nacht gefrieren lassen.

3 Mit filetierten Orangenscheiben verzieren und zum Gâteau au chocolat servieren.

Menu de minuit

Um Mitternacht schmecken die Liebe
und ein leichtes Essen besonders gut

Mitternachtssüppchen
mit Brunnenkresse

Kleine Geflügelterrine mit Pistazien,
Preiselbeeren und grünem Pfeffer

Figues et Cassis au Miel –
Feigen und Johannisbeeren in Honig

Mitternachtssüppchen mit Brunnenkresse

Zutaten

200 g Brunnenkresse

3 Schalotten

2 große Kartoffeln

1 Beinscheibe zum Auskochen

1 kleiner Becher Crème fraîche

4 EL Schlagsahne

Salz und weißer Pfeffer

1 In einem Topf mit ¾ l Wasser die Beinscheibe zusammen mit Salz und den geschälten
Schalotten etwa eine halbe Stunde auskochen.
Dann die Beinscheibe herausnehmen und in die
Brühe die geschälten und gewürfelten Kartoffeln geben und 20 Minuten köcheln lassen, bis
diese weich sind.

2 Die gewaschene und geputzte Brunnenkresse zugeben und 5 Minuten auf kleiner Flamme
weiterköcheln lassen. Eine Handvoll Brunnenkresse zum Garnieren beiseitelegen. Den Topf
vom Herd nehmen und die Suppe mit einem
Pürierstab fein pürieren.

3 Sahne und Crème fraîche unterziehen, mit
Salz und Pfeffer abschmecken und vor dem
Servieren die Suppenteller mit der restlichen
Brunnenkresse bestreuen.

Kleine Geflügelterrine mit Pistazien, Preiselbeeren und grünem Pfeffer

Zutaten

50 Gramm Geflügelleber

1 Gläschen Grand Marnier

1 Becher Crème fraîche

Pfeffer, Salbei getrocknet

200 Gramm geschnetzeltes Geflügelfleisch

125 Gramm gehacktes Schweinefleisch

50 Gramm Magerspeck

200 Gramm Bacon zum Auslegen der Terrine

Salz, Pariser Gewürzmischung

50 Gramm Pistazien

3 EL Preiselbeeren

1 kleines Gläschen eingelegte grüne Pfefferkörner

1 Die Geflügelleber mit Grand Marnier begießen und mit Pfeffer und Salbei würzen. Dann Geflügelfleisch und Schweinefleisch mit gehacktem magerem Speck durch den Wolf drehen. (Man kann dies auch beim Metzger

machen lassen.) Die Farce mit Salz, dem Pariser Gewürz und Pfeffer abschmecken. Dann die Leberstückchen mit der Marinade, der Crème fraîche, den Pistazien, dem grünen Pfeffer und den Preiselbeeren unter die Masse mischen.

2 Backofen auf 200 Grad vorheizen. Eine kleine Terrinenform mit den Baconscheiben auslegen und die Fleischmasse daraufgeben. Oben glattstreichen und mit Alufolie verschließen. Mit einem Holzspießchen mehrere Löcher in die Alufolie stechen und die Terrine im Backofen ca. 1 Stunde garen.

3 Die Pastete in der Form gut auskühlen lassen, dann über Nacht in den Kühlschrank stellen. Man reicht die Pastete kalt mit einer süßen Soße wie zum Beispiel Cumberlandsauce und Baguette.

Figues et Cassis au Miel –
Feigen und Johannisbeeren in Honig

Zutaten

4 frische Feigen

100 Gramm rote Johannisbeeren

4 EL flüssigen Honig

1 Stich Butter

1 EL Zucker

1 kleines Glas Crème de Cassis

1 Die Feigen waschen, in Spalten aufschneiden und fächerförmig auf zwei Dessert-Teller verteilen. Johannisbeeren waschen und mit der Gabel vom Stiel trennen.

2 Die Butter in der Pfanne zum Schmelzen bringen, den Zucker zugeben und leicht karamellisieren lassen. Dann die Johannisbeeren beigeben und kurz in der Karamellmasse erwärmen und das Konfit über die Feigen gießen.

3 Den Honig über Feigen und Johannisbeeren träufeln und am Schluss mit einem Schuss Crème de Cassis übergießen.

Menu de la St. Valentin

Ein Valentins-Menü, das die Herzen
höher schlagen lässt

*Erfrischender Salade aux poires
mit Walnüssen und Roquefort*

*Lammkeule mit schwarzen Oliven
und Lavendel*

*Zimtorangen mit Meringue
und Aprikosenlikör*

Salade aux poires mit Walnüssen und Roquefort

Zutaten

40 Gramm geschälte Walnüsse

2 weiche Birnen

100 Gramm Roquefort-Käse

1 Handvoll Eichblatt-Salatblätter und frisches Basilikum

1 Bund Schnittlauch

1 EL flüssiger Honig

3 EL Olivenöl

1 EL weißer Balsamico-Essig

1 TL Dijon-Senf, wenn möglich mit Pfefferkörnern

1 Die Birnen schälen, vierteln, Kerngehäuse entfernen und in längliche Scheiben schneiden. Die Salatblätter und die Basilikumblättchen waschen. Den Schnittlauch in kleine Ringe schneiden.

2 Den Dijon-Senf zusammen mit dem Essig in eine Schüssel geben, mit einem Schneebesen verrühren und Salz und frischen Pfeffer und Honig beimischen. Unter Rühren das Olivenöl anschließend portionsweise einfließen lassen, so dass eine sämige Vinaigrette entsteht.

3 Nun die Salatblätter und das Basilikum auf beide Teller geben, die Birnenschnitze kreisförmig darauf anrichten und den Roquefort und die Walnüsse darauf verteilen. Zum Schluss die Vinaigrette mit einem Löffel gleichmäßig darüberträufeln. Im Kühlschrank kalt stellen und gekühlt servieren.

Lammkeule mit schwarzen Oliven und Lavendel

Zutaten

1 kleine Lammkeule

Olivenöl

1 Bund Frühlingszwiebeln

150 Gramm in Öl eingelegte getrocknete Tomaten

150 Gramm schwarze Oliven

Zimt

½ Liter Weißwein

Schwarzer Pfeffer aus der Mühle, Salz

1 Bund Lavendel

1 Bund Rosmarin

1 Die Lammkeule waschen und trocken tupfen, an der Oberseite einritzen, ringsum mit Salz und Pfeffer einreiben und mit Olivenöl in einer Pfanne von allen Seiten gut anbraten. Dann den Backofen auf 225 Grad einstellen und die Lammkeule in einer Casserole 45 Minuten lang schmoren lassen. Nach 15 Minuten den

Backofen auf 200 Grad herunterschalten. Die Lammkeule immer wieder mit heißem Wasser übergießen und dieses verdampfen lassen.

2 Frühlingszwiebeln waschen und in Ringe schneiden, die getrockneten Tomaten in Streifen schneiden und 20 Minuten vor dem Ende der Garzeit zusammen mit dem Bund Lavendel und Rosmarin dem Lamm beigeben, leicht salzen und pfeffern und anschließend die Hälfte des Weins zugeben. Deckel geschlossen halten.

3 Am Ende die Lammkeule aus dem Bräter nehmen, im ausgeschalteten Backofen warm halten und den restlichen Weißwein mit einem gestrichenen TL Zimt verrühren und in den Bräter geben. Auf dem Herd kurz aufkochen lassen, die Lammkeule wieder zugeben und kurz vor dem Servieren die schwarzen Oliven untermischen.

Dazu reicht man knuspriges Baguette, mit dem man auch die köstliche Soße auftunken kann.

Zimtorangen mit Meringue und Aprikosenlikör

Zutaten

3 Orangen

30 Gramm geschälte Pistazien

1 große Meringue (Baiser) vom Bäcker

Zimt

1 kleines Glas Aprikosenlikör

1 Die Orangen filetieren, also rundum mit einem Messer die Haut abschälen, dann die Orangenkugel in feine Scheiben schneiden.

2 Die Orangenscheiben kreisförmig in einer Quiche-Form anrichten und mit dem Zimt würzen. Dann die Meringue zerbröseln und darüberstreuen.

3 Die in Butter gebräunten Pistazienkerne zusammen mit dem Aprikosenlikör über den Orangen und der Meringue verteilen. Wer möchte, reicht dazu gekühlte geschlagene Schlagsahne.

Menu de printemps

Das Frühlingsmenü,
mit dem alles beginnt

Grüner Spargel und weißer Spargel
mit Parmesan und Lauchringen

Coc au Noilly Prat –
»betrunkenes Hühnchen« in Wermut

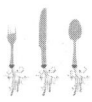

Les Fraises et la Mousse au chocolat

Grüner Spargel und weißer Spargel
mit Parmesan und Lauchringen

Zutaten

6 Stangen weißer Spargel

6 Stangen grüner Spargel

1 Lauchstange

3 EL Olivenöl

1 EL dunkler Balsamico

40 Gramm frischer Parmesankäse

Pfeffer und Salz

1 Den Spargel waschen, den weißen Spargel schälen, beim grünen Spargel nur die Endstücke entfernen. Den Spargel 15 Minuten in Salzwasser abkochen, er soll bissfest bleiben. Den Lauch putzen und in feine Scheiben schneiden, nur das untere Ende bis zur Mitte der Stange verwenden.

2 Eine Vinaigrette aus dem Balsamico, dem Olivenöl, Pfeffer und Salz zubereiten und den Parmesan in dünne große Scheiben hobeln.

3 Den Spargel in einer feuerfesten flachen Schale anrichten. Mit der Soße beträufeln und dann mit den Parmesanscheiben belegen. Unter dem heißen Grill des Backofens kurz überbacken, bis der Parmesan geschmolzen ist, und mit grobkörnigem schwarzem Pfeffer aus der Mühle bestreuen.

Coc au Noilly Prat –
»betrunkenes Hühnchen« in Wermut

Zutaten

*1 frisches französisches Huhn oder
eine Poularde
2 große oder 4 kleine Tomaten
2 Knoblauchzehen, gepresst
1 Bund frischer Thymian
50 Gramm Butter
100 Gramm Schlagsahne
300 Milliliter Wermut, möglichst Noilly Prat
Salz, Pfeffer*

1 Das Huhn beim Geflügelhändler möglichst schon in Stücke zerteilen lassen. In einer Casserole in der Butter anbraten, anschließend Salz, Pfeffer und Knoblauch dazugeben. Den Thymian als Bund beigeben und anschließend den Wermut zugießen. Im Backofen bei 220 Grad 10 Minuten schmoren lassen.

2 Die Tomaten kurz blanchieren und die Haut abziehen. Das Tomatenfleisch würfeln und zur Poularde geben. Weitere 30 Minuten mit geschlossenem Deckel schmoren lassen. Falls Flüssigkeit fehlt, mit Brühe aufgießen.

3 Backofen auf 250 Grad hochstellen, die Sahne in den Bräter geben, diesen geöffnet auf den oberen Rost stellen und das Fleisch noch etwas bräunen lassen.

Dazu schmecken Bratkartoffeln mit Rosmarin sehr gut.

Les Fraises et la Mousse au chocolat
(Erdbeeren und Mousse au chocolat)

Zutaten

1 kleines Schälchen frische Erdbeeren,
möglichst Walderdbeeren, die sind kleiner
und aromatischer
Puderzucker
100 Gramm bittere Blockschokolade
3 Eiweiß

1 Die Erdbeeren waschen und putzen, Stiele und Blättchen entfernen und kalt stellen.

2 Die Blockschokolade im Wasserbad schmelzen, bis sie völlig aufgelöst ist, am besten in einer Metallschale, die man in einen Topf mit siedendem Wasser stellt.

3 Das Eiweiß steif schlagen, dann 2 TL Puderzucker beigeben und die dickflüssige Schokoladenmasse unter den Eierschaum ziehen. In 2 Schälchen oder Förmchen füllen und im Kühlschrank mindestens 1 Stunde kalt stellen. Anschließend die kühle Mousse mit den mit Puderzucker überstäubten Erdbeeren reichen.

Menu de bon anniversaire

Eine kulinarische Liebeserklärung
zum Geburtstag oder zum Jahrestag

Frisée-Salat mit Ziegenkäse,
Pinienkernen und Mandarinen

Bœuf Bourguignon in Burgunder
mit Champignons und Schalotten

Himmlische Himbeerclafoutis

Frisée-Salat mit Ziegenkäse, Pinienkernen und Mandarinen

Zutaten

1 kleiner Kopf Frisée-Salat

2 dicke Scheiben Ziegenkäse aus der Rolle

1 Stich Butter

50 Gramm Pinienkerne

1 Avocado

2 Mandarinen

3 EL Olivenöl

1 EL flüssigen Honig

1 Schuss Orangensaft

Getrockneter Thymian und Rosmarin

Pfeffer und Salz

1 Den Frisée-Salat waschen, trocknen und in Stücke zupfen. Avocados schälen und in Scheiben schneiden. Mandarinen schälen und würfeln.

2 Olivenöl, Honig, Thymian, Rosmarin und Orangensaft zu einer Soße verquirlen. Mit Pfeffer und Salz abschmecken. Dann die Pinienkerne in einer Pfanne mit einem Stich Butter bräunen. Unbedingt dabei bleiben und ständig umrühren, sie brennen sehr schnell an! Den Salat auf zwei Tellern anrichten, Avocado und Mandarinen darauf verteilen.

3 Die Ziegenkäsescheiben in der Pfanne mit Butter kurz anbraten, vorsichtig mit dem Pfannenheber wenden und auf den Salat geben. Mit Pinienkernen bestreuen und warm servieren.

Boeuf Bourguignon in Burgunder mit Champignons und Schalotten

Zutaten

800 Gramm Rindfleisch zum Schmoren

100 Gramm gewürfelter Schinkenspeck

½ Liter roter Burgunder

½ Liter Kalbsfond

150 Gramm helle Champignons

6 Schalotten

1 Zwiebel

2 Karotten

1 große Tomate

2 Knoblauchzehen

2 EL Mehl

1 Bund Thymian

1 EL Tomatenmark

150 Gramm Schlagsahne

1 Den Backofen auf 220 Grad vorheizen. Den Schinkenspeck in der Pfanne in Butter anbraten und in eine Casserole tun. Danach das Fleisch in große Stücke würfeln und ebenfalls in der Pfanne rundum anbraten, bis es schön gebräunt ist. Die Zwiebel schälen und würfeln und zusammen mit dem Tomatenmark zugeben. Zwei Glas Rotwein dazugießen und köcheln lassen, bis die Flüssigkeit fast verdampft ist. Dann alles in die Casserole geben und mit Mehl bestäuben. Den Bräter in den Backofen stellen und nach 4 Minuten den Inhalt gut umrühren, den restlichen Wein dazugeben und mit dem Kalbsfond auffüllen. Das Fleisch sollte bedeckt sein.

2 Die Karotten schälen, in Scheiben schneiden, den Knoblauch schälen und zerdrücken und zusammen mit der gewaschenen Tomate und dem Bund Thymian in den Bräter geben. Den Deckel schließen und das Fleisch bei 160 Grad mindestens 3 Stunden schmoren lassen.

3 Die Champignons waschen, mit dem Handtuch abtrocknen und in Butter bräunen, die Schalotten schälen und kurz anbraten und alles zusammen etwa 20 Minuten vor dem Ende der Garzeit mit in die Casserole geben. Kurz vor dem Servieren die Sahne unterrühren und den Thymian-Bund herausnehmen. Mit Salz und Pfeffer abschmecken.

Dazu reicht man Baguette.

Himmlische Himbeerclafoutis

2 Eier und 2 Eigelb

80 Gramm Zucker

50 Gramm Mehl

250 Milliliter Schlagsahne

50 Gramm Mandelsplitter

750 Gramm Himbeeren

1 Päckchen Vanillezucker

Puderzucker zum Bestreuen

1 Den Backofen auf 180 Grad vorheizen. Die Eier in eine Schüssel schlagen und die Eigelbe und den Zucker beigeben und alles mit dem Schneebesen verrühren. Dann das Mehl, die Schlagsahne und die Mandelsplitter einrühren.

2 Die Himbeeren waschen und in einer Tarteform aus Porzellan verteilen und mit Vanillezucker bestreuen. Die Teigmasse vorsichtig über die Himbeeren gießen.

3 Die Tarteform in den Ofen schieben und circa 45 Minuten lang backen, bis die Masse fest wird und zu bräunen beginnt. Mit Puderzucker bestreuen und lauwarm servieren.

[Weil die Clafoutis so köstlich sind und man kleine Tarteförmchen eher selten hat, ist dieses Rezept für vier Personen berechnet, aber dieser himmlische Nachtisch schmeckt auch noch am nächsten Tag.]

Menu aux épices

Ein scharfes Curry,
das Sinn und Sinnlichkeit schärft

Ingwer-Karotten-Suppe
mit feinen Krabben und Koriander

Aprikosencurry mit karamellisierten Zwiebeln
und Basmatireis

Mousse aus weißer Schokolade
mit Mangofilets und Pistazien

Ingwer-Karotten-Suppe mit feinen Krabben und Koriander

Zutaten

100 Gramm Krabben

4 Schalotten

1 große Kartoffel

6 Karotten

½ Liter Brühe

Frischer Ingwer aus der Knolle

Frischer Koriander

½ Becher Crème fraîche

1 Stich Butter

Saft einer Zitrone

Salz und weißer Pfeffer

1 Die Kartoffel und die Karotten schälen und in Stücke schneiden. Die Schalotten schälen, würfeln und in der Butter anbraten, bis sie glasig werden. Dann mit der Brühe ablöschen und Kartoffel und Karotten zugeben. Auf kleiner Flamme 15 Minuten köcheln lassen, bis das Gemüse weich ist. Den Topf vom Herd nehmen, die Suppe fein pürieren und mit Salz und Pfeffer abschmecken.

2 Ingwerknolle schälen und auf einer feinen Reibe in die Suppe reiben, bis die gewünschte Schärfe erreicht ist. Die Krabben waschen, mit Zitrone beträufeln und in die heiße Suppe geben.

3 Die Crème fraîche unterziehen. Mit Korianderblättchen garnieren und mit frischem Baguette servieren.

Aprikosencurry mit karamellisierten Zwiebeln und Basmatireis

Zutaten

2 Hähnchenbrustfilets

1 rote Zwiebel

1 Bund Frühlingszwiebeln

8 frische Aprikosen

(oder eine kleine Dose gezuckerte Aprikosen)

¼ Liter Brühe

150 Gramm Schlagsahne

1 EL Currypulver

Frischer Ingwer

1 gehäufter EL Zucker zum Karamellisieren

125 Gramm Butter

1 rote Pfefferschote

1 Die Hähnchenbrustfilets waschen, trocken tupfen und in Streifen schneiden. Die rote Zwiebel schälen und in kleine Würfel schneiden. Die Frühlingszwiebeln waschen, putzen und in Ringe schneiden. Die Aprikosen wa-

schen, halbieren und entkernen. Die Pfefferschote waschen, halbieren, entkernen und in
feine Ringe schneiden.

2 Die Butter in einer Pfanne zum Schmelzen
bringen und einen gehäuften EL Zucker zugeben. Mit dem Kochlöffel rühren, bis der Zucker
karamellisiert und ein goldbrauner Sud entsteht. In die karamellisierte Butter die Fleisch-
stückchen geben und gut bräunen lassen. Curry
und frischen geriebenen Ingwer zugeben. Dann
die Zwiebel und die Frühlingszwiebeln unterrühren und mit Brühe ablöschen. Etwa 5 Minuten auf kleiner Flamme köcheln lassen.

3 Nun die Aprikosenhälften zugeben, weite-
re 5 Minuten köcheln lassen. Am Schluss die
Sahne unterrühren und mit Salz und weißem
Pfeffer abschmecken.

Dazu reicht man Basmatireis.

Mousse aus weißer Schokolade
mit Mangofilets und Pistazien

Zutaten

50 Gramm Kokosraspeln

50 Gramm Sahne

50 Gramm weiße Schokolade

125 Gramm Quark (40 Prozent)

2 cl weißer Rum

1 reife Mango

1 EL gehackte Pistazienkerne

1 Kokosraspeln mit der Sahne in einen kleinen Topf geben und unter Rühren aufkochen. Etwa 1 Minute unter Rühren köcheln lassen, dann den Topf von der Herdplatte nehmen und die Masse 30 Minuten auskühlen lassen. Inzwischen die Schokolade auf einer Reibe fein raspeln und mit dem Quark in einer Schüssel verrühren.

2 Die gequollenen Kokosflocken in den Schokoladenquark rühren und den Rum zugeben. Die Mousse zugedeckt 30 Minuten im Kühlschrank kalt stellen.

3 Die Mango schälen und das Fruchtfleisch rund um den Kern spaltenförmig abschneiden. Dann die Mangoscheiben auf zwei Tellern zu einem Fächer legen. Mit einem in kaltes Wasser getauchten EL Nocken von der Schoko-Kokos-Mousse abstechen und neben die Mangoschnitze legen. Mit den gehackten Pistazien bestreuen.

Menu de la mer

Ein maritimes Sommermenü
für Strandnixen und Wassermänner

*Forellenmousse mit rotem Kaviar
und Brioche*

*Dorade au fenouil
mit Rucola und rotem Pfeffer*

Tarte Tatin mit Crème fraîche

Forellenmousse mit rotem Kaviar und Brioche

Zutaten

3 Wacholderbeeren

Olivenöl, 1 EL Gin

1½ Blatt weiße Gelatine

50 Gramm Meerrettich

1 TL Zitronensaft

175 Gramm Forellenfilet

Salz und Pfeffer

⅛ Liter Schlagsahne

1 kleine Salatgurke

1 kleine Dose Forellenkaviar (auch Lachskaviar)

1 EL Kerbel

2 Brioches (vom Bäcker)

1 Die Wacholderbeeren auf einem Teller zerdrücken und mit Gin beträufeln. Die Gelatine in kaltem Wasser einweichen. Zwei Porzellanförmchen mit Öl auspinseln (man kann auch Tassen nehmen). Den Meerrettich schälen und reiben (oder gleich geriebenen Meerrettich im Glas kaufen) und mit etwas Zitronensaft beträufeln.

2 Das Forellenfilet und den Meerrettich pürieren und durch ein feines Sieb streichen. Die Gelatine aus dem Wasser nehmen und bei milder Hitze in einem Topf auflösen und unter das Püree rühren. Die Mousse anschließend mit dem durchgesiebten Gin-Wacholder, Salz und Pfeffer würzen. Die Sahne steif schlagen und unterziehen, dann die Mousse in die Schälchen füllen und 4 Stunden kalt stellen.

3 Gurke schälen und in dünne Scheiben hobeln, leicht salzen und mit Zitronensaft beträufeln. Den Kaviar im Sieb kalt abspülen und abtropfen lassen. Die Förmchen aus dem Kühlschrank holen, kurz in heißes Wasser tauchen, Mousse am Rand vorsichtig mit dem Messer lösen und auf die mit den Gurkenscheiben belegten Teller stürzen. Mit Forellenkaviar und Kerbel garnieren. Dazu reicht man Brioches.

Dorade au fenouil mit Rucola und rotem Pfeffer

Zutaten

1 Goldbrasse (Dorade), vom Fischhändler filetiert,
mit Haut, geschuppt

3 Knoblauchzehen

2 Schalotten

500 Gramm Tomaten

1 Fenchelknolle (ca. 300 Gramm)

100 Gramm Butter

Salz, schwarzer Pfeffer aus der Mühle

Olivenöl

50 Gramm Rucola

roter Pfeffer (ganze Körner)

50 Milliliter Fischfond aus dem Glas

2 EL Zitronensaft

1 Den Knoblauch längs halbieren und die Schalotten schälen und würfeln. Die Tomaten kurz überbrühen, dann Haut abziehen und würfeln. Den Fenchel putzen, das Grün und den Strunk entfernen und die Knollen in ½ cm dünne Scheiben schneiden. Dorade waschen und trocknen, eventuelle Gräten mit der Pinzette herausziehen und die Hautseite mit einem Messer schräg einritzen. Die Schalotten in der Hälfte der Butter andünsten, Tomaten zugeben, salzen und pfeffern und alles im vorgeheizten Backofen bei 200 Grad 15 Minuten garen. Dann den Backofen ausschalten und das Gemüse darin warm halten.

2 Nun den Fenchel zusammen mit dem Knoblauch in etwas Olivenöl bei mittlerer Hitze anbraten, etwa von jeder Seite 3 Minuten. Die Pfanne sollte nicht zu heiß werden, damit der Knoblauch nicht anbrennt und bitter wird. Mit Salz und Pfeffer abschmecken und in einer ofenfesten Form auch im Backofen warm halten. Die Fischfilets salzen und pfeffern und bei starker Hitze in etwas Olivenöl auf der Hautseite 3 Minuten braten, dann wenden und weitere 3 Minuten braten.

3 Zum Schluss die restliche Butter in einem Topf aufschäumen lassen und die Rucola-Blätter darin leicht anrösten. Den Fischfond zugeben und 2 Minuten einkochen lassen, dann mit Salz, Pfeffer und Zitronensaft abschmecken. Die Tomaten auf zwei Tellern anrichten und die Fischfilets und das Fenchelgemüse daraufgeben. Dann mit der Rucola-Butter übergießen und mit den roten Pfefferkörnern bestreuen.

Tarte Tatin mit Crème fraîche

Zutaten für eine Tarte
1 Packung tiefgefrorener Blätterteig
150 Gramm Butter
125 Gramm Zucker
1,5 Kilo säuerliche Äpfel
1 kleiner Becher Crème fraîche

1 In einer Tarteform 150 Gramm Butter im Backofen bei 150 Grad schmelzen. Dann den Zucker einstreuen und leicht karamellisieren lassen.

2 Die Äpfel schälen, vierteln und in halbmondförmige Scheiben schneiden. Kreisförmig von außen nach innen in die Tarteform mit der karamellisierten Butter drücken. 1 Stunde im Ofen garen lassen. Inzwischen den Blätterteig aus der Packung nehmen, die einzelnen Platten voneinander lösen und antauen lassen. Wenn die Garzeit der Äpfel vorbei ist, Tarteform herausnehmen und den Blätterteig über die Äpfel legen und an den Rändern festdrücken. Bei 225 Grad weitere 20 Minuten backen.

3 Dann die Tarteform herausnehmen, nur kurz abkühlen lassen und auf eine große Kuchenplatte stürzen. Es empfiehlt sich, die Platte auf die Tarteform zu legen und dann beides zusammen umzudrehen, so dass die Tarte Tatin sicher auf der Platte landet. Die gestürzte Tarte hat nun den Blätterteig unten, die karamellisierten Äpfel liegen in einer glatten Schicht obenauf.

Warm und mit Crème fraîche serviert ist die Tarte Tatin ein ebenso köstlicher Nachtisch wie kalt am nächsten Tag genossen.

Panier d'amour

Das romantische Picknick unter freiem Himmel

Cuisse de Poulet au Miel – in Thymian-Honig
und Knoblauch marinierte Hähnchenkeulen

Lammfleischbällchen mit Blattpetersilie und
Pinienkernen

Kartoffelsalat mit roten Zwiebeln

Sommerliche Beerentarte

Eine Flasche Rotwein, eine kleine Rolle Ziegenkäse,
ein kleiner Camembert, gesalzene Butter, Baguette

Cuisse de Poulet au Miel

Zutaten

2 große Keulen von der Poularde

1 Tasse Olivenöl

1 Bund Thymian

2 Knoblauchzehen

1 rote Pfefferschote

3 EL Thymian-Honig

(auch anderer Honig ist möglich)

1 Zitrone, unbehandelt

1 Die Keulen waschen und abtrocknen. Eine Marinade aus Olivenöl, Thymianblättchen, zerdrückten Knoblauchzehen, Honig, der zerkleinerten und entkernten Pfefferschote und in Scheiben geschnittener Zitrone zubereiten und mit Salz und Pfeffer abschmecken.

2 Die Poulardenkeulen über Nacht im Kühlschrank abgedeckt in der Marinade durchziehen lassen und am nächsten Tag in einer feuerfesten Form im Backofen etwa eine halbe Stunde bei 220 Grad backen. Die letzte Viertelstunde den Deckel abnehmen, damit die Keulen schön braun werden. Abkühlen lassen und kalt genießen.

Lammfleischbällchen mit Blattpetersilie und Pinienkernen

Zutaten

150 Gramm Hackfleisch vom Lamm

2 Knoblauchzehen

½ Bund Blattpetersilie

1 Ei

½ Tasse Semmelbrösel

½ TL scharfes Paprikapulver

Salz, frischer Pfeffer aus der Mühle

50 Gramm Pinienkerne

Olivenöl

1 Stich Butter

1 Das Hackfleisch in eine Schüssel geben. Die Knoblauchzehen häuten und durch die Knoblauchpresse dazugeben. Die Petersilie waschen, trocknen, die Blättchen abzupfen und mit dem Messer fein hacken. Die Pinienkerne in der Butter kurz anbräunen, bis sie zu duften anfangen, dann beiseitestellen.

2 Das Ei, die Semmelbrösel, die gehackte Petersilie und die Pinienkerne über das Hackfleisch geben und das Ganze mit einer Gabel vermengen. Dann das Paprikapulver zugeben und die Masse mit Salz und Pfeffer abschmecken.

3 Das Olivenöl in der Pfanne erhitzen. Aus der Hackfleischmasse kleine Bällchen von ca. 2 Zentimeter Durchmesser formen und in das heiße Öl geben und von jeder Seite 2 bis 3 Minuten braten.

Kartoffelsalat mit roten Zwiebeln

Zutaten

400 Gramm kleine Kartoffeln (Frühkartoffeln,
die man mit Schale verwenden kann)
2 rote Zwiebeln
1 Bund Schnittlauch
2 Fleischtomaten
Olivenöl
Pfeffer und Salz

1 Die Kartoffeln waschen und abschrubben und mit der Schale kochen, bis sie gar sind. Dann abkühlen lassen und halbieren.

2 Die roten Zwiebeln häuten und in feine Würfelchen schneiden. Tomaten waschen und würfeln, weißen Strunk herausschneiden.

3 In eine Schale reichlich Olivenöl geben, Kartoffeln, Zwiebeln und Tomatenstückchen beigeben und vermischen. Mit Salz und Pfeffer abschmecken und zum Schluss mit dem fein geschnittenen Schnittlauch bestreuen.

Sommerliche Beerentarte

Zutaten
250 Gramm Mehl
150 Gramm Butter
1 Eigelb
2 EL Wasser
25 Gramm Zucker

Für den Belag
200 Gramm Crème fraîche
4 Eier
75 Gramm Zucker
2 Tütchen Vanillezucker
1 Zitrone
250 Gramm von verschiedenen Beerensorten
(wahlweise Blaubeeren, Himbeeren, Brombeeren,
Johannisbeeren)

1 Das Mehl zu einem kleinen Berg aufschütten.
Eine Mulde hineindrücken und das Eigelb, das
Wasser und den Zucker hineintun. Die Butter

außen auf dem Mehlberg in kleinen Stücken verteilen. Alles verkneten und den Teig zu einer geschmeidigen Kugel formen, 20 Minuten in den Kühlschrank legen. Anschließend in einer Tarteform den Boden ausformen und den Teig 20 Minuten bei 200 Grad im Backofen vorbacken.

2 Die Crème fraîche mit den restlichen vier Eiern, dem Zucker und dem Vanillezucker verquirlen und den Zitronensaft beigeben. Die Beeren waschen, putzen und mischen.

3 Die vorgebackene Tarte aus dem Ofen holen und die Beeren darauf verteilen. Dann die Crème über die Beeren gießen und noch einmal 40 Minuten im Backofen weiterbacken.

Für das Picknick entweder die ganze Tarte in der Form mitnehmen oder zwei große Stücke in Alufolie verpacken.

Bon appétit!

Inhalt

»Es war so schön romantisch, das *Lächeln der Frauen*. Ganz ohne Kitschklischees zu bedienen. Jetzt schreibt Nicolas Barreau wieder über die Liebe, leise und zauberhaft.«

COSMOPOLITAN

Nicolas Barreau
Paris ist immer eine gute Idee
Roman
Thiele Verlag
ISBN 978-3-85179-235-5

Wenn Rosalies Lieblingsfarbe nicht Blau gewesen wäre, hätte sie vielleicht niemals die Geschichte »Der blaue Tiger« illustriert und das Buch in die Auslage ihres kleinen Postkartenladens gelegt. Sie hätte niemals den Literaturprofessor mit den azurblauen Augen kennengelernt, der aufgebracht hereinstürzte, einen Postkartenständer umwarf und sie beschimpfte, die Geschichte gestohlen zu haben. Sie hätte nie vor einem Rätsel gestanden. Sie hätte nie nach der Wahrheit gesucht. Und sie hätte – wer weiß? – vielleicht den glücklichsten Moment in ihrem Leben verpasst …

»Pariser Lebensgefühl, ein Geheimnis und die Suche nach dem Glück. Ein Roman, der etwas durch und durch Liebevolles hat.«

WDR